Rolf Schapp
Weltreise, Wanderstock und Wochenmarkt

AF200050

Dank an Frank

Rolf Schapp

Weltreise, Wanderstock und Wochenmarkt

und andere Geschichten des Herrn Blyantur

Bibliografische Information der Deutschen Nationalbibliothek:
Die Deutsche Nationalbibliothek verzeichnet diese Publikation in der Deutschen Nationalbibliografie; detaillierte bibliografische Daten sind im Internet über http://dnb.dnb.de abrufbar.

Fotos: Rolf Schapp

Herstellung und Verlag: BoD – Books on Demand, Norderstedt

ISBN: **9783744818377**

Spuren

Spuren hinterlassen.
Nicht nur Spuren im Schnee, die dann spurlos verschwinden,
wenn die Natur Frühling gebietet.
Spuren hinterlassen, das ist der Antrieb von Leuten,
die mehr schreiben wollen als nur
Weihnachtskarten,
Einkaufszettel
oder Urlaubsgrüße.
Die vielleicht Spuren im Gedächtnis,
wenn schon nicht der Menschheit,
so doch der Menschen hinterlassen wollen,
die sie kennen oder durch Zufall kennenlernen.
Die folgenden Seiten sollen der Versuch sein,
das vielleicht zu bewirken.

Spuren zu hinterlassen.

Ich habe zu diesem Zweck Herrn Blyantur erfunden.
Ich hoffe, er nimmt es mir nicht übel.
Er hinterlässt nun hier seine Spuren in
erlebten Geschichten und
erfundenen Geschichten.

Teil 1:
Herr Blyantur rettet die Welt

Das Notizbuch des Herrn Blyantur

Warum er es getan hatte, wusste er so recht nicht.

Doch er hatte es getan.

Er hatte das rosafarbene Buch eingepackt. Er nannte es sein Notizbuch.

Einen kurzen Moment lang dachte er, man könnte es Skizzenbuch nennen, doch das passte wohl eher zu einem Zeichner. Ein solcher aber war Herr Blyantur nicht.

Es war ein mit stabilen, an den Kanten schon leicht beschädigten Pappdeckeln von verwaschener rosa Farbe eingefasstes Buch. Vorne in dem Kästchen für die Beschriftung stand das Wort „Eingaben" und darunter „AGL 16". Ganz dunkel erinnerte sich Herr Blyantur, woher er dieses Buch hatte. Wenn man es aufschlug, konnte man sehen, dass etliche Seiten herausgerissen worden waren. Darauf hatten wohl die Eingaben an die ominöse AGL 16 gestanden.

Es waren aber noch genügend leere kleinkarierte Seiten übriggeblieben. Deshalb wohl hatte es Herr Blyantur nicht übers Herz gebracht, es wegzuwerfen.

Und so hatte er es mit in den Urlaub genommen.

Herr Blyantur war an die Ostsee gefahren.

Das Hotel hoch oben über der steilen Küste lehnte sich mit einer Seite an einen Buchenwald, den die Einheimischen den Gespensterwald nannten.

Nachdem er sein Gepäck im Zimmer verstaut hatte, ging er an den Strand hinunter.

Und da fiel ihm ganz plötzlich eine Geschichte ein.

Herr Blyantur ärgerte sich, dass er das Buch nicht mitgenommen hatte. Sobald er in das Zimmer zurückgekehrt war, notierte er auf der ersten Seite seine Geschichte. Fortan schleppte er das Notizbuch überall mit hin. Meist schrieb er zwar erst nach den Wanderungen und Ausflügen seine Gedanken in das Büchlein, doch einmal geschah das auch während eines Ausflugs. Er saß in einem Lokal in dem Ort mit dem historischen Leuchtturm und dem Café mit dem ulkigen Dach. Er blickte auf die Schiffe, die am Kai vertäut waren und auf die Menschen, die geruhsam daran vorbei defilierten und schrieb in das rosafarbene Büchlein. Die Leute an den Nachbartischen guckten zwar und tuschelten miteinander.

Herrn Blyantur entlockte das aber nur ein stilles Schmunzeln.

Am Ende des Urlaubs hatte er zahlreiche kleine Geschichten auf die karierten Seiten geschrieben. Manchmal aber auch nur die Überschrift einer Geschichte oder kurze Stichpunkte. Er würde daraus schon richtige Geschichten machen.

Auf der Heimfahrt hin zu seinem Hügel, den manche auch Berg nannten, überlegte er sich schon, wie sein Büchlein einmal aussehen würde. Auch ein Titel fiel ihm ein. Er fieberte schon dem Moment entgegen, wenn das Buch fertig sein würde.

Kaum war er in seinem Haus angekommen, packte er die Reisetasche aus.

Das Notizbuch war nicht da.

Er durchsuchte seinen Rucksack, ja er guckte auch in die Fächer des Rucksacks, in die schon wegen der Größe das Notizbuch nicht hineinpassen konnte. Nochmals suchte er in der Reisetasche. Er durchwühlte die schmutzige Wäsche, die er aus der Tasche auf den Fußboden geworfen hatte.

Das Notizbuch war nicht da.

Herr Blyantur war am Boden zerstört.

Er rief im Hotel an. Man möge doch bitte in seinem Zimmer suchen. Er beschrieb mit blumigen Worten sein Notizbuch. Man versprach ihm, sich darum zu kümmern. Er solle später nochmals anrufen.

Vielleicht liegt es ja im Auto, dachte sich Herr Blyantur und ging nach draußen. Als er die Haustür durchschritt, durchzuckte ihn ein furchtbarer Schreck. Er konnte grade noch den Fuß in die Türe stellen. Fast wäre das passiert, wovor er sich so sehr fürchtete. Fast wäre er draußen gewesen vor der zugeschlagenen Tür und der Schlüssel hätte von innen im Schloss gesteckt. Das war ja noch einmal gut ausgegangen, dachte er.

Herr Blyantur untersuchte nun das Innere des Autos. Er kroch regelrecht unter die Sitze. Er räumte den Kofferraum aus und sah sogar dort nach, wo sich das Ersatzrad befand.

Das Notizbuch war nicht da.

Er rief ein weiteres Mal im Hotel an. Man hatte nichts gefunden.

Da setzte sich Herr Blyantur an den Küchentisch und begann sein Gedächtnis zu durchforsten nach den Geschichten, die sein rosarotes Notizbuch enthalten hatte.

Es würde wohl sehr mühselig werden.

Als Herr Blyantur seine Reisetasche oben im Schrank verstauen wollte, fiel ihm etwas entgegen.

Es war das Notizbuch.

Es hatte sich unter die Versteifungspappe am Grunde der Tasche verkrochen.

Herrn Blyanturs Augen wurden feucht von den Tränen der Freude.

Aus diesen Geschichten wurde schließlich sein erstes Büchlein.

Herr Blyantur und das gestörte Verhältnis

Als er ein Kind war hatte er es zuerst nicht.
Dieses gestörte Verhältnis zu seinem Namen.
Er lebte zufrieden mit sich und der Welt dahin.
Seinen Namen vernahm er meist nur in der Verkleinerungsform.
Doch wenn er etwas angestellt hatte oder nicht gleich machte, was man ihn zu machen nötigte oder nicht sofort ankam, wenn man ihn rief, ließ man das verniedlichende -chen weg.
Dann klang sein Name wie ein Peitschenknall.
Später kam er in die Schule. Als er die Buchstaben gelernt hatte, die nötig waren, um seinen Namen schreiben zu können, merkte er es.
Herr Blyantur trug den Vornamen Curt. Curt mit einem C am Anfang. Für seine Mitschüler war das der Grund, ihn mit seinem Namen zu ärgern. Sie riefen es ihm oft hinterher und es klang fast wie ein Singsang:
Vorne Ce
das tut weh,
schreibt sich wie das Canapee.
Und der kleine Curt ärgerte sich jedes Mal. Weil er aber ein schwächlicher Knabe war, konnte er sich nicht wehren und lief weinend davon. Abends, wenn er in seinem Bett lag, schmiedete er dann furchtbare Rachepläne. Doch keinen davon führte er jemals aus. Und bald gab es immer weniger solcher Hänseleien.
In den Jahren, als die Mädchen begannen, einen Großteil seiner kleinen grauen Zellen in Anspruch zu nehmen, wurde er Cutti gerufen. Das fand er in Ordnung. Wenn er mit seinen Kumpels in dem Durchgang rumstand, der dem Kino seiner Heimatstadt den Namen Passage-Theater verlieh, war er mit sich zufrieden. Er strich sich mit beiden Händen die Haare nach hinten, die an den Seiten mit Pomade an die Kopfhaut geklebt waren und schwatzte und schwadronierte um die holde Weiblichkeit.

6

Auch heute noch, nach so vielen Jahren riefen ihn seine damaligen Kumpels Cutti, wenn er einem von ihnen begegnete.

Eines Tages erfuhr er, was es auf sich hatte mit der seltsamen Schreibweise seines Vornamens.

Es war der Tag, an dem er seiner Mutter eröffnete, dass sie nun Oma werden würde.

Da saßen sie dann nebeneinander an dem runden Tisch unter der fünfarmigen hölzernen Deckenlampe mit den gelblichen Glasschalen und tranken aus den kleinen Weingläsern mit dem grünen Stiel und den eingeschliffenen Reben von dem ungarischen Weißwein, den er mitgebracht hatte.

Herr Blyantur fragte seine Mutter, wie er zu dem seltsamen Namen gekommen wäre.

Da verklärten sich die Augen seiner Mutter und sie schien plötzlich viel jünger auszusehen. Sie drehte das Rotweinglas zwischen den Fingern hin und her und begann zu erzählen:

Als sie mit ihm schwanger ging, gab es an dem kleinen Stadttheater einen jungen Schauspieler. Alle Mädchen ihrer Generation wären unsterblich verliebt in ihn gewesen. Er gab den Romeo und sie alle wären liebend gerne seine Julia gewesen. Dieser Schauspieler hieß Curd.

Und dann tat seine Mutter etwas, das hätte er ihr nie zugetraut. Sie deklamierte aus der sogenannten Balkonszene einige Zeilen.

Romeo sagt: *Bei jenem himmlischen Mond schwör' ich, der all die Wipfel mit Silber malt...,*

worauf Julia antwortet: *Schwöre nicht beim Mond, dem wandelbaren, der alle Wochen seine Scheibe wechselt, damit nicht wandelbar dein Lieben sei..*

Herr Blyantur wusste noch, dass er dermaßen gerührt war und sich seiner Mutter so nah fühlte, wie noch niemals zuvor. Und heute wusste er auch, dass sie sich danach auch niemals wieder so nah waren.

7

Dem Standesbeamten, der nach der Geburt kam, um die Geburtsurkunde auszustellen, sagte sie, dass sie sich den Namen Curd ausgesucht hätte. Sie wies auf das C am Anfang hin, vergaß aber, das D am Ende zu erwähnen.

Und so kam es, dass Herr Blyantur Curt mit Vornamen hieß.

Wenn er ihn buchstabierte, sagte er meist: Vorne C und hinten T.

Und es hörte sich für ihn an wie: vorne Zeh und hinten Tee.

Und das fand Herr Blyantur dann sehr lustig.

Herr Blyantur feiert Weihnachten

Wenn es einen kauzigen Menschen gibt, dann ist das Herr Blyantur.

Feiern andere Menschen zum Ende des Jahres das Fest der Liebe und des Pfefferkuchens im trauten Heim und im Kreise der Familie, dann tut er nichts dergleichen. Er fährt einfach weg.

Im diesem konkreten Falle ist er an die Ostsee gefahren.

Am Heiligabend begab er sich auf den Weg in die benachbarte Stadt. Er hatte sich dafür entschieden, den Weg zu Fuß zu gehen. Das Wetter war mies. Es schneite nasse Flocken und der Wind blies heftig von der See her. Zum Glück für Herrn Blyantur schob der Wind von hinten, so dass er sich mit der hochgeklappten Kapuze schützen konnte. In der Stadt und am Münster angelangt, reihte er sich ein in die Schlange der Wartenden.

Bald schon wurde die hohe Holztür, die sich mit etlichen Schnitzereien schmückte, geöffnet.

Alle strömten in das Innere der riesigen roten Backsteinkirche. Auch Herr Blyantur strömte und suchte sich einen Platz in einer Holzbank mit reich verzierter Rückenlehne und mit Armstützen an den Seiten. Er saß darin wie in einem Kasten.

Dort saßen wohl in früheren Zeiten die reichen Bürger und Honoratioren der Stadt.

Herr Blyantur fühlte sich für einen Moment ein bisschen, wie einer von ihnen.

Allerdings einer mit nassen Hosenbeinen.

Er hörte die Predigt, aber er nahm ihren Inhalt nicht auf. Er hörte die Worte sogar doppelt. Einmal ertönte die Stimme des Predigers aus den bierdeckelgroßen Lautsprechern, die in das Holz des alten Gestühls eingelassen worden waren. Sie klirrten und verunstalteten die Stimme, die aus ihnen tönte.

Und dann hörte er als Echo oder als Widerhall die originale Stimme aus der Kanzel schräg oben über seinem Platz.

Jedes Mal, wenn Herr Blyantur das Innere einer Kirche anschaute, suchte er - wie er sich einbildete, unauffällig - nur mit den Augen, ob er Mikrofone fände. Meist fand er welche. Und er fragte sich jedes Mal, wie es wohl klänge, wenn der Pastor ohne all diese Technik auskommen müsste.

Wie zur Zeit der Eröffnung des Hauses.

Er betrachtete die Kirche und die Menschen in ihren dicken Wintersachen. Es war kalt in dieser Kirche. Wenn nicht gepredigt wurde, spielte jemand die Orgel. Das war etwas, was ihm gefiel. Orgelmusik hat etwas Erhebendes und Erhabenes. Wohl auch, weil es in dieser Kirche eine so wunderbare Akustik gab.

Als Herr Blyantur die Kirche verließ, warteten draußen schon andere Besucher in langer Schlange auf den nächsten Gottesdienst.

Er fuhr mit dem Bus zurück in den Ort, von dem er gekommen war.

Er hatte noch Zeit bis zum Abendessen an diesem Tag, den man den heiligen Abend nannte.

Angekündigt auf einer großen grünen elegant bedruckten Karte war ein Viergängemenü, „Elch auf hoher Küste" benannt.

Herr Blyantur hatte sich eine der beiden Krawatten, die in seinem Gepäck waren, umgebunden und sich so festlich ausstaffiert. Der Tisch, zu dem er geleitet wurde, war weihnachtlich dekoriert. Er hat die große Weihnachtstanne im Blick.

Als Geschenk für die Gastgeber hatte Herr Blyantur das kleine Büchlein eingepackt, das er selbst geschrieben hatte. Es enthält Geschichten, die ihm bei einem der früheren Besuche dieses Landstrichs eingefallen waren. Er hatte das Büchlein noch zu Hause in Weihnachtspapier eingeschlagen und mit einer roten Schleife verziert. So überreichte er es nun der Hausherrin.

Dann begann das Viergängemenü mit einer Vorspeise.

Es gab Carpaccio vom Rinderfilet.

Herr Blyantur fragte sich jedes Mal, wie man Fleisch in solch dünne Scheiben schneiden kann. Gewissermaßen könnte man das Blümchenmuster des Tellers durchscheinen sehen, wenn denn der Teller ein solches Muster hätte. Er hatte aber keins.

Er war blütenweiß.

Herr Blyantur erinnerte sich, dass er hier schon einmal saß. Er war damals geflohen vor dem Alltag mit dem vorausgegangenen Beziehungsstress. Geflohen zu diesem Ort an der Grenze zwischen Land und Wasser. Er war damals lange und einsame Wege am Strand entlang und durch die Küstengegenden gewandert.

Bei der doppelten Kraftbrühe, die als zweiter Gang gereicht wurde, sinnierte er, wie wohl einfache Kraftbrühe schmecken möge.

Dann folgte das Hauptgericht. Elchbraten.

Herr Blyantur hat ja schon alle möglichen Fleischsorten gegessen. Elch war noch nicht darunter. Elch ist eine Premiere.

Während des Genießens schaute er aus dem Fenster. Er denkt an das Land, das sich weit hinter dem Meer befindet und in dem die Elche heimisch sind. In der Dunkelheit vor den Fenstern des Restaurants lässt sich das Meer aber nur erahnen.

Als Herr Blyantur den dezenten Karamelgeschmack der Nachspeise mit einem Schluck Rotwein gewissermaßen neutralisiert hat, sieht er die Hausherrin auf sich zukommen.

Mit seinem Büchlein in der Hand.

Er bekam einen Riesenschreck.

Gefällt es nicht?

Hatte er bei seinen Schreibereien irgendwelche Copyright-Regeln verletzt?

Herr Blyantur war zutiefst verunsichert.

„Sie müssen aber schon noch eine Widmung rein schreiben", sagte sie lächelnd.

Und sie machte Herrn Blyantur damit für diesen Abend zu einem glücklichen Menschen.

Herr Blyantur und das Regal

So oft kam es nun doch nicht vor, dass Herr Blyantur Besuch bekam.

Er hatte sein Abendbrot verzehrt und gerade begonnen, es zu verdauen, da klingelte es. Und gleich darauf pochte noch irgendwer mit der Faust an die Haustür. Herr Blyantur eilte mit einem gemurmelten „Nu nich mal ganz so schnell mit die jungen Pferde" zur Tür, um zu sehen, wer da Radau machte.

Es war sein Nachbar Piet. Er stand ganz aufgelöst vor der Türe.

„Was ist denn passiert", wollte Herr Blyantur wissen.

„Unser Enkel, der Marcus ist verschwunden!"

„Wie verschwunden?", fragte Herr Blyantur.

„Aus dem verschlossenen Haus einfach weg."

Seit Herr Blyantur in dem Haus oben auf dem Hügel wohnte, kannte er seinen Nachbarn Piet. Und seit diesem Zeitpunkt hatte ihn interessiert, wie der zu seinem Namen gekommen war.

Namen waren eine von Herrn Blyanturs Macken.

Und eines Tages hatte ihm der Nachbar die Geschichte erzählt.

Er hatte als junger Mann Musik gemacht, wie so viele seiner Altersgenossen, die von der Musik der Beatles und der Stones begeistert waren. Und wie so viele hatte er auch ihre Titel nachgespielt. Er konnte aber die englische Sprache nicht. So schrieb er die Titel so, wie er sie im Radio hörte. „She Loves You" schrieb er „Schie laffs juh" und „Satisfaction" so, wie er es hörte, nämlich „Sätischfäktschin". Und auch seinen schönen männlichen Vornamen Peter sprach er englisch aus. Seine Kumpels verkürzten das dann zu Piet. Und dabei war es geblieben.

„Ich komme mit rüber", sagte Herr Blyantur und schlüpfte in die Schuhe. Sie gingen durch eine Lücke in der Ligusterhecke, die auf der Grundstücksgrenze wuchs, hindurch. Piet schloss die Haustür auf und beide gingen hinein.

Sie kontrollierten die Hintertür, die Terassentür und die Kellertür.

Alle waren verschlossen und die Schlüssel steckten innen im Schloss.

„Wie soll jemand die Tür von innen abschließen, wenn er draußen ist?", sagte Herr Blyantur.

„Das hab ich mich auch schon gefragt!", meinte Piet traurig.

„Also muss er noch drinnen sein."

„Ich hab überall gesucht."

Sie gingen durch alle Zimmer, guckten in jeden Schrank und unter Betten und Sofas nach. Marcus blieb verschwunden.

Im Wohnzimmer fiel es Herrn Blyantur dann auf. Die Bücher im Regal, das rechts die Schrankwand abschloss, standen irgendwie unordentlich in ihren Fächern.

Und da guckte Herr Blyantur nach oben.

Dort oben auf der Schrankwand lag grinsend der Enkel Marcus und freute sich diebisch.

Opa Piet fiel fast in Ohnmacht.

„Gefunden!", sagte Herr Blyantur lachend, zeigte dabei mit dem Finger auf den grinsenden Burschen und half ihm schließlich von oben herunter.

Seinem Nachbarn Piet machte er mit Blicken und einem unmerklichen Kopfschütteln klar, jetzt bloß nicht mit dem Kleinen zu schimpfen.

Denn der war sich keiner Schuld bewusst. Für ihn war das der Spaß des Tages.

Herr Blyantur verkündete dann zum Abschluss der Aufregung ein altes chilenisches Sprichwort:

„Wer immer nur nach unten schaut, sieht zwar den Dreck an seinen Schuhen, aber nicht den Condor hoch oben im Himmel."

„Eigentlich", meinte er zum noch immer aufgebrachten Piet schließlich, „könnten wir beide auf den Schreck ein Bier trinken."

Und das taten sie dann auch.

Herr Blyantur erwirbt ein Fotoalbum

Herr Blyantur ist schon ein etwas seltsamer Mensch. Neulich saß er im Ohrensessel in seinem Haus, das oben auf dem Hügel steht, dort, von wo alle Wege nach unten führen und döste vor sich hin.

Irgendwo hatte er kürzlich gelesen, dass man ein Fotoalbum haben sollte.

Er hatte keines. Also beschloss er, sich ein solches zuzulegen.

Er begann sich auszumalen, wie es sein würde, wenn irgendwann einmal einer seiner Nachkommen beim Durchstöbern seines Büchernachlasses auf das Album stieße. Wie er es aus dem Regal nehmen, den Staub von der oberen Kante abpusten und es ehrfurchtsvoll aufschlagen würde.

Seite um Seite würde dieser Nachfahre weiterblättern, immer darauf bedacht, das Seidenpapier zwischen den Albumseiten, das dann schon leicht brüchig sein würde, nicht zu zerstören. Voller Ehrfurcht würde er die alten Fotos betrachten, die das Album enthielte.

Herr Blyantur schreckte aus seinem Tagtraum. Sein Kater war ihm auf den Schoß gesprungen.

Er stand auf und zog sich an. Wenn er sich etwas vornahm, dann schob er es meistens nicht auf die lange Bank. Er zog sich also nicht nur schlichtweg an, er mummelte sich regelrecht ein. Es war kalt draußen, denn es war Winter und der Weg war weit. Er trat vor die Haustür auf den eisernen Abtreter, schloss die Tür ab und verstaute den Schlüssel in der Jackentasche. Vorsichtig ging er die drei Stufen hinunter, die er zwar von Schnee und Eis gesäubert hatte, auf denen sich aber schon wieder ein dünner Eisfilm bildete. Er schritt nun zügig aus, denn den Weg zum Gartentürchen hatte er am Morgen mit Sand bestreut. Vorbei an seinem amerikanischen Briefkasten mit dem roten Pfeil, an dem er erkannte, ob der Postmensch etwas eingeworfen hatte, marschierte er die Straße entlang, die in den Ort hinunter führte. An der abgebrochenen Kiefer, an der man das Schild angebracht hatte, das jedem Fremden den Wanderweg markierte, verließ er die Straße. Er stapfte am Waldrand entlang den Hang hinab. So sparte er mindestens einen halben Kilometer ein gegenüber dem Weg die Straße entlang. Zuerst ging es sich noch gut durch den Schnee und Herr Blyantur war fast geneigt, ein Wanderliedchen anzustimmen.

Er fühlte sich wohl. Als er jedoch vorne an der Kante des Waldes angelangt war, dort wo sich der Rastplatz für die Wanderer befand, wurden der Wind und die Schneeverwehungen

immer heftiger. Da klappte er die Kapuze hoch und stelzte wie ein Storch durch den hohen Schnee weiter. In der Ferne konnte er schon die Häuser des Ortes sehen.

Als er im Ort angekommen war, lief ihm der Schweiß aus den Achselhöhlen an den Körperseiten hinab. Es kitzelte und ihn fröstelte leicht. Er ging schnurstracks in den Laden. Vorher klopfte er sich aber den Schnee von den Hosenbeinen ab und stampfte kräftig mit den Füßen auf, um den Schnee auch von den Schuhen abzuschütteln.

Die Besitzerin hieß Wera. Den Namen konnte er sich aus zweierlei Gründen merken. Erstens war Wera in die Schule gegangen, in der auch er die Schulbank gedrückt hatte. Allerdings zwei Klassen unter ihm. Und zweitens schrieb sie ihren Vornamen wie er auch seinen auf eigenartige Weise. Nämlich mit einem „W". Andere Frauen mit diesem Namen, die er kennengelernt hatte, begnügten sich mit dem üblichen „V". Sie aber legte Wert darauf, Wera mit „W" zu schreiben.

Genau, wie er inzwischen Wert auf das „C" am Anfang seines Vornamens legte.

Bei ihr konnte man Zeitungen, Schreibblöcke, Diarien und Schulhefte kaufen und Lotto spielen. Auch Fotoalben waren im Angebot vertreten.

Herr Blyantur schwatzte ein Weilchen mit ihr und ließ sich dann gerne beraten. Schließlich kaufte er eines der drei Alben, die sie ihm gezeigt hatte.

Kaum war er zurückgekehrt in die warme Stube, schon setzte er sich in den Sessel, packte das erworbene Fotoalbum aus dem Karton aus, wickelte das Umschlagpapier ab, strich vorsichtig mit der flachen Hand über den roten Kunststoffdeckel mit der eingeprägten Rose und träumte sich Geschichten, die das Album einmal erzählen würde.

Und dann fasste Herr Blyantur einen Entschluss.

Als nächstes würde er sich einen Fotoapparat kaufen.

Herr Blyantur besichtigt ein Gotteshaus

Man sah es der achteckigen roten Klinkersäule mit dem spitzen Dach darüber, die an der Seite des Kirchenschiffs bis über die Dachtraufe hinaus aufragte, von außen nicht an, dass sie etwas anderes sein könnte, als eine achteckige hohe und rote Klinkersäule mit einem spitzen Dach.

Sie war aber etwas anderes. Der Schein trog.

Hätte Herr Blyantur sich die Mühe gemacht, sie näher zu betrachten, wäre ihm aufgefallen, dass kleine Fensteröffnungen in regelmäßigen Abständen aus der Säule ausgespart waren.

Er hatte diese Kirche, die man gemeinhin das Münster nannte, schon oft besucht. Er hatte ihre Architektur bewundert, sich an den bunten Kirchenfenstern erfreut, das hölzerne Rednerpult in Form eines Adlers mit ausgebreiteten Schwingen betrachtet und sogar schon an einem Gottesdienst teilgenommen.

Am Nachmittag des Heiligabends im vorigen Jahr.

Heute jedoch wollte er sich einer Führung anschließen und die Kirche auf eine etwas andere Weise kennenlernen.

Die ziemlich große junge Frau in blassblauen Jeans und einem etwas zu groß geratenen Pullover von graublauer Farbe versammelte die Teilnehmer um sich und erzählte von der Geschichte des Münsters. Da war aber nichts, was Herr Blyantur nicht schon wusste, denn bei den vorhergehenden Besuchen hatte er eifrig die ringsum an den Wänden angebrachten Tafeln gelesen.

Dann wurde es spannend.

Die Besichtigungsrunde begann.

Die junge Frau schloss mit einem großen Schlüssel eine kleine Tür auf und Herr Blyantur sah die achteckige Säule von innen. Er musste sich bücken, um durch die Tür gehen zu können. Vielleicht waren ja die Mönche des Mittelalters kleiner von Wuchs, als die heutige Menschheit, dachte er sich.

Das Innere der Säule war nicht achteckig sondern rund und

weiß ausgemalt. Es enthielt eine sehr enge steinerne Wendeltreppe, die man im Uhrzeigersinn hinaufkraxelte. Herr Blyantur betrachtete während des Aufstiegs die Schuhabsätze des Vordermannes und gab sich große Mühe, keinen Anfall von Platzangst zu bekommen. Doch schließlich waren alle Teilnehmer heil oben angekommen über den Kreuzgewölben und unter dem Dach. Ziemlich breite hölzerne Stege durchquerten den Dachraum. Man könnte sie sogar als komfortabel bezeichnen, dachte Herr Blyantur, waren sie doch mit Geländern an beiden Seiten versehen.

Von den Erläuterungen der großen jungen Frau behielt Herr Blyantur nur eines.

Das Münster hatte keinen Turm. Durfte keinen haben im Verständnis der Zeit, in der es erbaut worden war. Das, was oben auf dem Dach zu sehen war, nannte sich nicht Turm oder Türmchen, sondern Dachreiter. Trotzdem waren dort zwei Glocken untergebracht.

Die Glocken hatten auch eine Geschichte, die die junge Frau erzählte, die sich Herr Blyantur aber nicht gemerkt hatte.

Und doch gab es ein Vorkommnis mit einer der Glocken, das sich ihm regelrecht eingehämmert hatte.

Als der Rundgang an den Glocken angekommen war und die Geschichte der Glocken erzählt war, sagte die junge Frau: „Ich werde jetzt eine der Glocken anschlagen."

Herr Blyantur erwartete, dass sie jetzt ein Hämmerchen hervorholen würde, um damit das zu tun, was angekündigt war.

Er sah sich suchend um. Ob er wohl das Hämmerchen finden würde? Und er wartete darauf, die Glocke klingen zu hören.

Doch es sollte ganz anders kommen.

Die Frau ergriff ganz einfach den Klöppel und haute ihn mit voller Wucht gegen die Glocke.

Herr Blyantur erschrak sehr und war einen kurzen Moment lang voller Sorge wegen seiner Trommelfelle. Mit offenem Mund stand er da, obwohl das Mundaufreißen danach keine Wirkung mehr haben konnte.

Und er erinnerte sich an ein ähnliches Erlebnis aus seiner Kindheit.

Es passierte zu einer Zeit, als er mit vielen seiner Klassenkameraden regelmäßig in das Gemeindehaus neben der Kirche des Ortes ging, um an der Christenlehre teilzunehmen, die ihn auf die Konfirmation vorbereiten sollte. Eines Tages sollten sie den Kirchturm besteigen. Im Innern des großen viereckigen Turms gab es eine hölzerne Treppe, der das Geländer fehlte. Nur an der Wandseite gab es einen Handlauf. Außerdem waren die Stufen nur einfache Trittbretter, durch deren Lücken man hindurchgucken konnte. Und der kleine Curt war zu allem Übel ein Angsthase. Die anderen waren schon alle oben und riefen nach ihm. Da fasste er sich doch ein Herz und kletterte die Stufen hinauf.

Genau in dem Moment, als er die letzte Stufe betrat, schlug die Glocke. Curt dachte, er wäre der Auslöser des Glockenschlages. Ihm blieb fast das Herz stehen. Doch es war nur der Viertelstundengong der Turmuhr gewesen.

Der Ausblick von dort oben auf die Straßen und Häuser seines Heimatortes und in die ferne Umgebung entschädigten ihn dann aber für die Aufregung. Die Straßen, die er sah, hatte er schon als einen Ortsplan im Erdkundeunterricht zeichnen müssen. Die fernere Umgebung würde er später mit seinem Fahrrad erkunden.

An all das musste Herr Blyantur denken im Inneren des Dachreiters des Münsters hoch oben und hoch oben im Norden.

Und obwohl im noch die Ohren klangen von dem unerwarteten Glockenschlag, fand er es eine sehr gelungene Idee, das Münster auf diese Weise erkundet zu haben.

Herr Blyantur rettet die Welt

Es würde wohl so schnell doch nichts werden mit der unterirdischen Speicherung des überschüssigen Kohlendioxids.

Das war das Letzte, was Herr Blyantur wahrnahm, kurz bevor ihm der Kopf nach hinten auf die Sessellehne fiel und er sanft entschlummerte.

Ein tiefer Atemzug begleitet von einem lauten Schnarcher ließen ihn schließlich wach werden. Er schaltete den Fernseher aus, erledigte flüchtig die Abendtoilette und legte sich ins Bett.

Als er am Morgen wach wurde, hatte er schon vor dem ersten Augenaufschlag das Gefühl, heute müsse er etwas Besonderes erledigen. Er wusste weder, was er tun müsste, noch hatte er eine wie auch immer geartete Ahnung, was ihm das Gefühl suggerieren wollte. Er hatte es eben nur, dieses Gefühl.

Irgendetwas hatte es wohl zu tun mit dem, was er als den letzten Eindruck vor dem Wegnicken im Sessel am Abend zuvor registriert hatte.

Doch diesen letzten Gedanken konnte er nicht zurückrufen.

Und er konnte auch nicht - wie der Leser - einfach weiter oben nachschauen.

So lief er also ruhelos durch die Räume seines Hauses und wartete auf die Eingebung.

Je länger er durch seine Wohnung strich, desto unruhiger wurde er. Er öffnete hier mal eine Schranktür, dort eine Schublade, nur, um mit leerem Blick hineinzuschauen. Es brachte nichts. Es fiel ihm nicht ein. Er wurde das Gefühl der Unruhe nicht los.

Schließlich landete Herr Blyantur im Keller.

Dort stand er vor dem Regal, in das er schon mehrere Bücherkartons verstaut hatte mit Büchern, die er gewiss nicht noch einmal lesen würde. Sie wegzugeben brachte er allerdings auch nicht übers Herz. Auf dem untersten Regalbrett verstaubten etliche uralte Einweckgläser, in denen sich jeweils ein Gummiring und eine metallene Spange befanden.

Dort stand er also und starrte das Regal an, genau, wie er zuvor in die Schränke und Schubfächer gestarrt hatte. Und so in Gedanken versunken versuchte er einen der Bücherkartons, der eine Handbreit hervor stand, in die Reihe zu schieben.

Und er stellte fest, dass es nicht ging.

Irgendetwas war dahinter.

Er zog den Karton heraus und sah etwas, das ließ sein Herz stocken.

Dahinter war eine Türklinke.

Und unter der Türklinke steckte ein Schlüssel in einem Schloss.

Herr Blyantur war einigermaßen entsetzt.

Er hatte stets geglaubt, sein Haus genau zu kennen und nun das. In fieberhafter Hast begann er, das Regal leer zu räumen. Die Bücherkartons stapelte er achtlos in eine Ecke, die Einweckgläser wanderten in den Verpackungskarton des Fernsehers, den er noch aufgehoben hatte und der unten, dort, wo er auf dem Kellerboden stand, schon leicht vermodert war von der Feuchtigkeit. Mit größerer Kraftanstrengung rückte er das leere Regal Stück für Stück und Ruck für Ruck beiseite.

Und dann stand er vor einer Tür, von der er nichts geahnt hatte.

Herr Blyantur drückte die Klinke herunter und zog an der Türe. Nichts rührte sich. Er versuchte, den Schlüssel zu drehen. Ohne Erfolg. Dann drehte er ihn links herum und das funktionierte. Er hatte nun allerdings eine noch zugeschlossenere Türe vor sich. Als er rechtsherum drehte, ließ sich der Schlüssel plötzlich zweimal drehen. Nun war das Klinkerunterdrücken und Ziehen an der Türe erfolgreich. Mit einem schmatzenden Geräusch löste sich das Türblatt vom Rahmen und mit einem Krächzen öffnete sich die Tür.

Herr Blyantur blickte in einen vollkommen finsteren Raum. Mit der linken Hand tastete er die Mauer ab und fand auch tatsächlich einen Lichtschalter. Als er ihn betätigte, flackerten etliche Leuchtstofflampen auf und erhellten dann den Raum. Fast wäre Herr Blyantur in ihn hinein gestürzt. Gerade noch rechtzeitig sah er die drei Stufen, die nach unten auf den gefliesten Fußboden führten.

In der Mitte des Raumes sah er ein Tisch aus Edelstahl mit einem Regalaufsatz aus ebensolchem Material. Links an der Wand stand ein Regal mit etlichen gläsernen Laborbehältnissen. Die Edelstahleinrichtung sah neu aus und war blitzblank geputzt. Auch die gläsernen Utensilien strahlten und blitzten im Licht der Lampen.

Herr Blyantur wusste nicht, was er von dieser Geschichte halten sollte.

Und genau in diesem Moment fiel es ihm ein.

Das, was der letzte Eindruck des vorigen Abends gewesen war, an den er sich in den letzten Stunden vergeblich zu erinnern suchte.

Das Kohlendioxid, das die Menschheit in überreichem Maße durch Verbrennung aller möglichen organischen Stoffe erzeugte, galt es, irgendwie zu beseitigen. Das war es, was ihm seit dem Morgen keine Ruhe ließ.

Herr Blyantur setzte sich auf einen Hocker, legte die Unterarme auf die glänzende kalte Tischplatte und sein Kinn auf die Hände. Wenn man das Kohlendioxid dazu bringen könnte, sich aufzuspalten und die einzelnen Teile dann zwingen könnte, sich mit etwas anderem zu verbinden.

Doch womit? Das war die Frage.

Der Einfall kam ihm, als er sich die Hände wusch. Wasserstoff wäre ein solcher Stoff. Er könnte sich doch mit dem Sauerstoff des Kohlendioxids zu Wasser zusammentun und den Kohlenstoff einfach zurücklassen.

Wenn er nun schon ein Labor in seinem Keller beherbergte, so wollte er es auch nutzen. Aber wo sollte er die Reagenzien her bekommen?

Am leichtesten schien es ihm, das Kohlendioxid zu beschaffen. Das war in jeder Mineralwasserflasche vorhanden. Doch wie kann man Wasserstoff herstellen?

Herr Blyantur schaute sich um.

Dann sah er es. Das Gerät, mit dem sein Chemielehrer einmal Wasserstoff erzeugt hatte.

Er brauchte Strom. Doch nicht schlechthin Strom aus der Steckdose.

Was er brauchte, war Gleichstrom.

Eine Batterie. Die Autobatterie.

Herr Blyantur war richtig stolz auf seinen Einfall.

Herr Blyantur eilte in die Garage am Haus, baute die Batterie aus und schleppte sie in den Keller. Das entsprechende gläserne Gefäß wurde an ein Stativ geschraubt, Wasser eingefüllt und der Strom angeschlossen. Es geschah nichts. Dabei hätte jetzt die Elektrolyse beginnen müssen. Herr Blyantur war ratlos. Er grübelte. Vielleicht würde ja der Prozess beginnen, wenn das Wasser etwas sauer oder basisch wäre. Zuerst wollte er es mit Säure probieren. Einige Tropfen aus der Flasche, auf der „HCl" in Sütterlin mit der Hand geschrieben stand, ließen an beiden Elektroden die Gase sprudeln.

Herr Blyantur strahlte.

Der erste Erfolg.

Das weitere war nicht mehr so schwer. Er baute aus den vorhandenen Glaskolben und Glasröhren, die er mit Gummiröhrchen verband eine Strecke auf, in der sich beide Gase vermischen konnten. Das Ende bildete ein gebogenes Rohrstück, das in ein Becherglas ragte. Darin würde sich das Wasser sammeln. Wenn das Experiment gelang.

Herr Blyantur nahm einen Schluck aus der Mineralwasserflasche, deren Kohlendioxid er doch nicht brauchen würde, denn er hatte in einer Ecke eine graue Stahlflasche entdeckt, die dieses Gas enthielt.

Er wischte sich die schweißigen Hände an den Hosenbeinen ab.

Dann ließ er beide Gase in das Glasgebilde strömen. Und wartete. Nach einiger Zeit hielt er ein brennendes Holzstäbchen an das Becherglas. Es puffte. Der Wasserstoff war noch keine Verbindung eingegangen mit dem Kohlendioxid.

Er war schlicht verbrannt. Herr Blyantur wartete länger.

Das gleiche Ergebnis. Mit einem kurzen Knall verbrannte der Wasserstoff.

Ihm stand der Schweiß schon wieder auf der Stirn.

Plötzlich fiel ihm der Begriff Katalysator ein.

In einem hölzernen Koffer fand er etliche ordentlich in die vorgesehenen Vertiefungen gelagerte runde Dosen mit jeweils einer Öffnung vorn und hinten. Sie passten in die Vorrichtung auf seinem Labortisch. Herr Blyantur begann mit der Dose links oben. Jede der Dosen trug eine eingeprägte Nummer. In der Vertiefung gab es diese Nummer ebenfalls, aber darunter stand ein chemisches Zeichen, das Herrn Blyantur anzeigte, aus welchem Stoff der Katalysator war. Er erwartete kein schnelles Ergebnis.

Nacheinander probierte er die Dosen der Reihe nach aus. Mit der siebenten Dose geschah es dann.

Aus dem gebogenen Röhrchen tropfte schmutzigbraunes Wasser. Herr Blyantur war zuerst starr vor Schreck.

Er konnte es so recht nicht fassen. Wasser mit Kohlepartikeln. Vorsichtig tunkte er einen Finger in die Flüssigkeit und verrieb sie zwischen Daumen und Zeigefinger. Es fühlte sich glatt an und die Fingerkuppe glänzte anthrazitfarben.

Er ging hinüber zu dem hölzernen Koffer, um nachzusehen, welchen Stoff er dieses Mal als Katalysator verwendet hatte.

Plötzlich klingelte der Wecker, den er jedes mal einstellte.

Herr Blyantur drückte auf den Knopf, aber das Klingeln hörte nicht auf.

Da wurde er wach.

Das Klingeln kam von der Haustüre.

Ganz benommen torkelte er regelrecht zur Tür und öffnete.

Es war heller Morgen bei strahlendem Sonnenschein. Draußen stand der Postbote.

Er hatte ein Einschreiben.

Herr Blyantur unterschrieb an der entsprechenden Stelle und schloss die Tür wieder.

Er sank auf den Schemel, auf den er sich zum Schuhezubinden immer setzte, stützte die Ellbogen auf die Knie, nahm den Kopf in die Hände und versuchte, zu sich zu kommen.

Was war das?

War es Wahrheit oder war es ein Traum?

Dabei stand ihm alles so deutlich vor Augen, es konnte kein Traum sein.

Herr Blyantur ging in den Keller. Das Regal stand an seinem Platz an der Wand.

Die Bücherkartons waren ordentlich eingestapelt und keiner von ihnen stand auch nur ein bisschen hervor. Auch die eingestaubten Einweckgläser standen im untersten Fach in Reih und Glied wie eh und je.

Er hatte also tatsächlich alles nur geträumt.

Ein anderer würde wohl an seiner Statt die Welt retten müssen.

Herr Blyantur und das Geräusch

Durch das Blätterdach fielen helle Flecken der hoch am Himmel stehenden Sonne auf den sandigen Weg durch den Laubwald. Zuvor hatte ihn ein sehr staubiger Weg durch eine Gegend

geführt, wo aus den jungen Bäumen erst noch ein Wald werden wollte. Dort war wenig Schatten gewesen und Herr Blyantur war froh, diesen Abschnitt hinter sich zu haben. Die Kunst am Wegesrand hatte dort in hellem Sonnenlicht gelegen. Eines der Kunstwerke beschäftigte ihn mehr, als all die anderen. Vielleicht sollte man es Plastik oder Skulptur oder Installation nennen

Herr Blyantur war sich nicht im Klaren darüber. An zwei in den Boden gerammte hölzerne Stämme hatte der Künstler einen Steinpfeil mit Stahlseilen befestigt. Der Pfeil zeigte nach unten und Herr Blyantur dachte sich, dass der Künstler vielleicht aus der Gegend der Südinsel Neuseelands gekommen sein könnte. Mit dem Pfeil wollte er durch den Mittelpunkt der Erde hindurch auf seine Heimat zeigen.

Eventuell hatte der unbekannte Künstler ja damit bei Herrn Blyantur sein Ziel erreicht.

Zu Assoziationen anzuregen.

Und seien sie auch noch so abwegig.

Herr Blyantur war auf dem Rückweg von einer ziemlich langen Wanderung, die ihn zu dem Restaurant mit Wildbret auf der Karte geführt hatte. Er hatte Wildschweinbraten mit Preiselbeeren gegessen.

So gestärkt schritt er recht kräftig aus, denn er wollte rechtzeitig zu Spielbeginn des Fußballspiels vor dem Fernseher sitzen. Als Fußballfan, so dachte er, wäre er sich das schuldig.

Plötzlich hörte er hinter sich das Pling einer Fahrradklingel. Herr Blyantur machte einen Schritt nach rechts an den Wegesrand. Das Fahrrad fuhr an ihm vorbei. Herr Blyantur war gerade im Begriff, auf seine alte Spur zurückzuwechseln, da huschte ein zweites Fahrrad so haarscharf an ihm vorbei, dass er einen gehörigen Schreck bekam.

„Verdammt eng", dachte Herr Blyantur und sehr laut rief er den Radfahrern hinterher: „Gerade noch mal gut gegangen."

Die aber reagierten überhaupt nicht darauf.

29

Und er konnte plötzlich quietschenden Fahrradketten und klappernden Schutzblechen durchaus etwas abgewinnen.

Dieser Gedanke wiederum löste fast automatisch Erinnerungen aus an seine Kinderjahre.

Im Sommer, wenn er bei geöffneten Fenstern schlief, wurde er regelmäßig geweckt vom Quietschen der Eimerketten des danach benannten Baggers, der einige Kilometer weit entfernt im Tagebau seine Arbeit bei Tag und auch bei Nacht verrichtete.

Oder ihn weckte das Klingeln der Grubenbahn, die die Rohkohle in die Brikettfabrik des Ortes brachte.

Eines dieser beiden Geräusche jedenfalls weckte ihn regelmäßig aus dem Schlaf.

Woher das Quietschen der Eimerketten kam, das wusste er. Mit seinem Klassenlehrer und den Klassenkameraden hatte er einmal im Tagebau neben einem solchen Bagger gestanden. Die Raupenketten, auf denen er sich im Schneckentempo vorwärts bewegte, waren höher gewesen, als er selber. Und das Gequietsche der Eimerketten war so nah und so laut, dass sich einige der Mädchen, die wohl die Empfindlicheren waren, die Ohren zuhielten.

Das Klingeln als das typische Geräusch einer jeden Grubenbahn kannte er auch. Viele Jahre später sollte er dann entdecken, wie es zustande kam. Da war er schon ein erwachsener Mann und Ausbilder in einem Betrieb, der von solchen Grubenbahnen mit Rohkohle beliefert wurde.

An einem auseinandergenommenen Kohlewaggon sah er es eines Tages. Auf jede Achse des Waggons war ein Ring aus daumendickem Rundstahl geschoben worden. Wenn sich die Achse drehte, klingelte der Ring darauf. Weil die Ringe aber alle fast gleich groß waren, klang das Klingeln bei allen Grubenbahnen gleich. Und warum das Klingeln der Waggons nötig war, erfuhr Herr Blyantur auch. Es ist ein Warnsignal. Damit jeder den herannahenden Zug hört. Selbst wenn er ihn nicht sieht.

Ein solches Warnsignal hätte er sich an den Fahrrädern, von denen das letztere ihm soeben einen solchen Schreck beschert hatte, auch gewünscht.

Und so kam es, dass Herr Blyantur dem Geräusch quietschender Fahrradketten und klappernder Schutzbleche plötzlich durchaus etwas abgewinnen konnte.

Ännes Eiche

Das Mädchen saß da auf einem ziemlich großen und noch ziemlich warmen Stein und spielte mit dem Ende eines der beiden sehr langen blonden Zöpfe. Sie kitzelte sich mit dem Zopfende wie mit einem Pinsel unter der Nase.

Sie lächelte und wartete.

Besser gesagt, sie wartete sehnsüchtig.

Am Samstag zuvor hatte sie auf dem Tanzboden einen jungen Mann kennengelernt. Eigentlich kannte sie ihn schon aus der Kindheit, denn sie waren beide in dem Dorf groß geworden. Ihn allerdings hatten seine Eltern dann in die Stadt geschickt, damit er dort ein Handwerk erlerne. Nun war er also zurückgekehrt in sein Heimatdorf und sie hatte sich beim Dorftanz Hals über Kopf in ihn verliebt. Und sie hoffte sehr, er auch in sie. Sie hatten sich hier an diesem Stein unweit des Dorfes verabredet. Der Treffpunkt war gut gewählt, denn der Weg an dem Stein vorbei führte nur zu einem Gehöft, in dem so lange sie denken konnte, niemand mehr wohnte. So käme sicher keiner vorbei, der sie entdecken oder überraschen könnte bei ihrem heimlichen Treffen.

Hier saß sie nun im verblassenden Sonnenschein des frühen Abends, das Gesicht der tiefstehenden roten Sonne zugewandt und wartete auf ihren Liebsten. Sehnsüchtig.

Die beiden Gestalten, die von dem verlassenen Gehöft her den Weg entlang kamen, sah sie erst im allerletzten Moment.

#

Der Bursche ging durch die langen Schatten der Büsche am rechten Wegesrand den Hügel hinauf. Er hatte eine Verabredung mit dem schönsten Mädchen des Dorfes. So richtig konnte er sein Glück noch gar nicht fassen, dass sie ausgerechnet ihn erwählt hatte. Seit er aus der Stadt zurückgekehrt war, war es der erste Dorftanz gewesen, den er besuchte. Dort hatte er sie gesehen, die er nur als ein dürres kleines Mädchen kannte mit langen blonden Zöpfen. Aus dieser Kleinen war eine Frau geworden in der Zeit, in der *er* weit weg in der Stadt zu einem Mann geworden war. Nun sollte er sie also treffen.

An dem Ort, von dem jeder im Dorf wusste, dass sich die Liebenden dort trafen.

Als er den großen Stein erblickte und sah, dass sie nicht darauf saß, war er sehr enttäuscht. Fast wäre er wieder umgekehrt, da sah er etwas Buntes hinter dem Stein.

Sie lag auf dem Rücken und bot einen furchtbaren Anblick. Die Kleider zerrissen, die langen blonden Zöpfe abgeschnitten, blutete sie aus etlichen Stichwunden.

Der Bursche setzte sich auf den Stein, stützte den Kopf in die Hände und weinte. Sein Glück war von einer Minute auf die andere zerstört.

Als die Änne, so hatte das Mädchen geheißen, begraben war, nahm der Bursche einen Spaten in die eine Hand und ein Bäumchen in die andere, ging mit schwerem Schritt den Weg hinauf zu dem großen Stein, grub daneben ein Loch und pflanzte die junge Eiche hinein.

#

Herr Blyantur saß ganz allein auf einer Bank, die jemand aus Stücken eines Baumstammes und dicken unbesäumten, aber geglätteten Brettern gefertigt hatte als eine Raststelle für die Wanderer. Er wischte sich mit seinem Taschentuch den Schweiß von der Stirn. Der Weg den Hügel hinauf hatte ihn angestrengt. Oben angelangt war sein Blick sogleich auf die mächtige Eiche neben dem Weg gefallen.

Er hatte das Fahrrad dagegen gelehnt. Dicht daneben lag ein großer Stein halb im Boden versunken.

Herr Blyantur hatte das Schild gesehen, das man an den dicken Stamm genagelt hatte und auf dem die zwei Worte „Ännes" und „Eiche" mit einem Pinsel fast zierlich untereinander gemalt worden waren.

Während er so dasaß, kam ihm diese Geschichte in den Sinn, die weiter oben geschrieben steht. So etwa könnte es sich zugetragen haben vor vielleicht zweihundert oder noch mehr Jahren an diesem Ort, an dem er jetzt saß, um sich auszuruhen.

Nachher würde er die schmale asphaltierte Straße an der Eiche und an dem großen Stein vorbei in den Ort hinunter fahren, den er von hier oben schon sehen konnte.

Er würde hinunterfahren in diesen Ort und in die Gastwirtschaft einkehren, die seine Wanderkarte auswies.

Vielleicht würde er ja dort erfahren, wie viele Jahre der Baum dort oben auf dem Hügel schon stand.

Und was es tatsächlich auf sich hatte mit „Ännes Eiche".

Er war schon sehr gespannt.

Herr Blyantur und die Unendlichkeit

„Stephen Hawking hat mich wieder darauf gebracht."
Herr Blyantur wandte sich seinem links neben ihm sitzenden Nachbarn Piet zu, der mit ihm eine Pause einlegte bei ihrer Wanderung.

Am Morgen waren sie gemeinsam gestartet zu diesem Tagesausflug. Herr Blyantur hatte ganz erstaunt geguckt, denn sein Nachbar war ausstaffiert wie ein bayrischer Wanderbursche mit Lederhose, Hosenträgern und Kniestrümpfen aus seinem Haus getreten.

Nun saßen sie auf einer Bank im Schatten einer hohen Linde, hatten beide ihre Wasserflaschen in der Hand und auch schon daraus getrunken. Jeder saß an einem Ende der Bank, denn dazwischen standen die Rucksäcke. Herr Blyantur hatte einen zinnoberroten Wanderrucksack neuester Produktion. Sein Nachbar Piet einen alten aus kleinkariertem Stoff gefertigten sogenannten Campingbeutel. Dieser wurde oben mit einer Kordel zugezogen und eine Klappe mit Schnappverschluss verdeckte die Öffnung.

„Wer ist das denn?", fragte schließlich Piet.

„Wissenschaftler nennen ihn einen berühmten Wissenschaftler", antwortete Herr Blyantur und freute sich über sein Wortspiel.

„Allerdings nicht er persönlich hat mich darauf gebracht, denn ich kenne ihn nur aus dem Fernseher, sondern eines seiner Bücher."

Der Nachbar sah Herrn Blyantur neugierig an. „Worauf denn?"

„Na, auf die Unendlichkeit", antwortete Herr Blyantur. „Vorne auf dem Umschlag ist ein Möbius'sches Band abgebildet."

„Curt, du sprichst in Rätseln." Der Nachbar trank einen Schluck aus seiner Flasche und sah ihn neugierig an.

„Kennst du das Möbius'sche Band nicht?"

„Nie davon gehört."

„Wenn man einen Papierstreifen nimmt", begann Herr Blyantur zu dozieren und unterstrich seine Worte mit entsprechenden Gesten, „und ihn zu einem Ring zusammenklebt, ein Ende aber vorher um hundertachtzig Grad verdreht, dann hat man ein Möbius´sches Band hergestellt."

„Und was fängt man damit an?", wollte sein Nachbar wissen.

„Es hat nur eine Oberfläche." Herr Blyantur sah ihn schulmeisterlich an.

„Jetzt willst du mich aber um die Fichte führen. Solch ein Papierstreifen hat doch zwei Seiten."

„Nicht aber das Band. Wenn man mitten auf ihm einen Strich um das Band herum macht, kommt man wieder am Ausgangspunkt an. Und wenn du es an diesem Strich entlang zerschneidest, erhältst du was Überraschendes."

„Zwei Bänder.", sagte Piet und begann in seinem Campingbeutel nach etwas zu kramen.

„Mitnichten." Herr Blyantur beobachtete die Suche neugierig, als erwartete er, dass der Nachbar plötzlich Papier und eine Schere hervorholen würde. Der aber hatte schließlich eine Banane in der Hand, schälte sie ab und biss hinein.

„Es entsteht komischerweise wieder ein Möbius´sches Band, allerdings doppelt so lang, wenn auch nur halb so breit", sagte Herr Blyantur und nickte bekräftigend mit dem Kopf.

„Was du nicht sagst!", meinte Piet. „Und was hat das nun mit der Unendlichkeit zu tun?"

„Vielleicht kennst du ja drüben auf den ehemaligen Rieselfeldern den *Weg der Steine*?", fragte Herr Blyantur.

Piet sah ihn ungläubig an und Herr Blyantur erläuterte ihm, was er meinte. Es stellte sich heraus, dass der Nachbar den Weg wohl kannte, aber mit dem Namen nichts anzufangen wusste.

„Wir kommen ja nachher dran vorbei", sprach Herr Blyantur, steckte seine Flasche in die Seitentasche des Rucksacks und gab damit das Signal zum Aufbruch. Piet packte die Bananenschale

in eine Tüte und diese in den Campingbeutel und schaute recht skeptisch auf seinen Nachbarn. Der Weg führte zuerst an drei kleinen Fischteichen vorbei.

„Ob Fische drin sind, weiß ich nicht", sprach Herr Blyantur. Ein Schild, das einige Meter vom Ufer weg in den Teichgrund gerammt wurde, verbot jedenfalls das Angeln.

Piet wies auf das Schild und sagte: „Kann durchaus sein, es sind Fische drin."

Sie kamen dann an uralten Weiden vorbei, von denen einige so stark gestutzt worden waren, dass es unmöglich schien, sie erneut austreiben zu sehen. Inzwischen waren sie schon wieder voll belaubt. Es schien fast, als wäre der Rückschnitt kein Rückschritt gewesen, sondern der Beginn einer neuen Karriere.

Auf den abgesägten Ästen plusterten sich die neuen Triebe wie Glucken.

Nachdem sie an dem *Weg der Steine* angekommen waren, ging Herr Blyantur zielstrebig auf eine Steinskulptur aus Sandstein zu. Diese war auf eine runde Scheibe gestellt.

„Das ist sie", sagte er, „die ich immer Eckige Unendlichkeit nenne."
Er hatte seine Wanderstöcke nach hinten abgestützt, lehnte sich dagegen und blickte zufrieden auf das Kunstwerk.

„Sie ähnelt in gewisser Weise dem Möbius'schen Band, denn sie hat scheinbar auch keinen Anfang und kein Ende."

Einige Meter weiter auf der anderen Seite des Weges lag ein komisch zurecht geschlagener Stein aus Granit auf einer steinernen Bank.

„Und hier hast du die Runde Unendlichkeit."
Er fuhr mit der Hand fast zärtlich die Krümmungen und Kurven der Skulptur entlang.

Dann erklärte er, dass sich neben all den steinernen Kunstwerken früher einmal jeweils ein unbesäumtes Brett an einem Holzpfahl befunden hätte, auf dem der Titel des Werkes und der

37

Name seines Schöpfers mit roten Buchstaben aufgemalt gewesen wären. Doch der Zahn der Zeit und vielleicht auch die Zerstörungswut einiger Zeitgenossen hätten die Schilder verschwinden lassen.

„Deine Unendlichkeit in allen Ehren", meinte plötzlich Piet, „doch wenn wir jetzt nicht endlich an ein Gasthaus kommen, bin ich unendlich traurig."

„Wir haben es gleich geschafft", sagte Herr Blyantur. „Am Ende des *Weges der Steine* werden wir ein Gasthaus finden mit einer endlichen Zahl von Gerichten."

„Dann hat ja die Unendlichkeit endlich ein Ende gefunden", meinte Piet nur philosophisch.

Herr Blyantur und das Kopfkissen

Im diesem Frühling war es seine erste Ausfahrt mit dem Fahrrad. Die Sonne schien und es war schon richtig warm auf der Haut. Auf dem Weg zurück zu seinem Zuhause kam er am Matratzenladen vorbei, der sich mit etlichen in riesigen Ziffern geschriebenen Sonderangeboten um Kunden bemühte. Und da entschied er sich spontan und eigentlich auch ohne zwingenden Grund zum Kopfkissenkauf. Er suchte lange und entschied sich dann für ein Kopfkissen mit Gänsefedernfüllung.

Gänsefedern kannte er, auch Gänse und Gänsebraten und Gänseschmalz. Seine Großeltern kauften im Frühjahr von irgendwem kleine gelbe Flaumfederbüschel, genannt Gössel. Diese lebten in den ersten Wochen in einem Verschlag in der Küche, weil es dort warm war. Sie bekamen gehackte junge Brennnesseln zu fressen, die seine Oma mit den bloßen Händen pflückte. Selbst heute noch glaubte er das Brennen der Nesseln zu spüren, nur, wenn er dran dachte. Aus den Gösseln wurden dann schließlich weiße Gänse und aus denen wiederum der Weihnachtsbraten. Übrig blieben die Federn. Die ganz leichten Daunen waren das Wertvollste. Aber es gab ja noch den Rest. Wegen dieser Federn reiste eine Frauentruppe durch das Dorf von einem Hof zum andern zum Federnschleißen. Seine Oma sagte immer Federnschließen dazu und der kleine Curt dachte, dass hinge damit zusammen, dass man die Türe zuschloss. Irgendwann war die Truppe auch bei seinen Großeltern angelangt. Die Frauen saßen in der Guten Stube vermummt meist mit Kopftüchern und Mullwindeln und rissen die Federteile von den Federkielen. Damit wurde dann der Daunenvorrat gewissermaßen gestreckt. Die Vermummung verhinderte einerseits, dass man die herumfliegenden leichten Teile einatmete und andererseits, dass sie vom Atem durcheinandergewirbelt wurden. An den Augenbrauen und Wimpern allerdings setzten sich solche winzigen Federteilchen ab. Die Frauen sahen damit sehr lustig aus. Curt konnte sie erspähen, wenn er auf einer Fußbank außen am Fenster zur Guten Stube stehend sich die Nase platt drückte.

Das alles spukte in Herrn Blyanturs Kopf herum, während er nach Hause fuhr. Das Kopfkissen vorn auf dem Lenker hielt er mit den beiden Daumen fest.

Im Nachbargarten stand der Nachbar Piet, stützte sich auf seine Harke und grinste.

Und er sprach: „Was hast du denn da Curt?"

Mit einem inneren Schmunzeln und mit vorgetäuschtem vollem Ernst antwortete Herr Blyantur: „Stell dir das bloß mal vor, der Airbag ist aufgegangen."

Und dann konnte er sich das Lachen doch nicht mehr verkneifen und stimmte in das seines Nachbarn ein.

Die Zeit des Herrn Blyantur

„Wissen sie, was ich glaube? Ich glaube, jeder Mensch hat seinen Zeitstrahl, an dem entlang er lebt. Vielleicht ist ja Strahl nicht das richtige Wort, impliziert es doch etwas Gerades, von einem Punkt Ausgehendes und nirgendwo Endendes."

Der das sagte, war ein Mann, der am Nebentisch in dem Biergarten saß, in dem auch Herr Blyantur wieder einmal seinen Platz gefunden hatte an diesem sonnendurchtränkten, aber etwas bewölkten Nachmittag.

Er hatte ein dunkles Bier vor sich stehen und nicht angenommen, dass er mit jemandem ins Gespräch kommen könnte. Der Mann hatte es auch mehr oder weniger nur so vor sich hin gesagt. Wenigstens schien es so.

Er war ungefähr in Herrn Blyanturs Alter, hatte einen mächtigen grauen Haarschopf marx'scher Güte mit zwei wahrhaft beeindruckenden Koteletten an den Seiten, die erkennen ließen, dass die Ursprungsfarbe der Haare wohl einmal schwarz gewesen war.

„Vielleicht wäre Zeitpfad ja ein passenderer Begriff", sagte Herr Blyantur," weil er neben der zeitlichen auch eine räumliche Komponente hat."

Er rückte seinen zusammenklappbaren Biergartenstuhl nach links herum. Der Kies unter dem Metallgestell des Stuhles knirschte. Der Mann seinerseits rückte nun seinen Stuhl nach rechts herum und beide saßen so nebeneinander. Wie im Kino. Der Mann kämmte sich mit den Fingern beider Hände die Haarpracht nach hinten und reckte sich dabei. Beide schauten über die vielen leeren Tische hinweg zur gegenüberliegenden Seite des Biergartens hin.

Dort saß ein junges Pärchen. Sie saßen sich gegenüber. Sie hatten sich weit über den Tisch gebeugt, hielten sich an den Händen und schauten sich in die Augen. Für sie existierte die Welt drumherum nicht. Sie waren intensiv mit sich selbst beschäftigt.

Herr Blyantur lächelte in sich hinein, als er das sah und dachte ein wenig an seine eigene Jugendzeit.

Ohne Herrn Blyantur anzuschauen sagte der Mann: „Das trifft es genau. Schließlich geht ja auch das Leben nicht immer schnurgeradeaus, sondern schlängelt sich gewissermaßen voran. Manchesmal sogar im Zickzack. Bis zum Jetzt kennt man seinen Pfad, was das Leben noch bringen wird, bleibt vorerst verborgen."

Nach einer geraumen Weile sagte Herr Blyantur. „Das ist sicher besser so."

Er saß auf seinem Biergartenstuhl mit lang ausgestreckten gekreuzten Beinen, schaute auf den Häuserblock hinter dem Biergarten und schwieg für den Moment.

Die Lärche hinter dem Haus ist ein gutes Stück gewachsen seit dem letzten Jahr, stellte er fest. Sie ragte nun deutlicher über das Walmdach empor. Und der Star, der auf der Spitze des Baumes saß und wie wohl schon im vergangenen Jahr seine Liebeslieder von dort oben in die laue Luft des Sommers trällerte, war dem Himmel um genau dieses Stück näher gerückt. Wenn auch ohne sein Zutun.

„Manchmal kann es aber passieren, dass sich zwei solcher Zeitpfade kreuzen", sagte plötzlich der Mann und lenkte Herrn Blyantur damit von seinen Betrachtungen ab.

Herr Blyantur schwieg vorerst weiterhin. Er schaute sich die Wolken an, die recht zügig über den Himmel zogen. Sie ließen allerdings etlichen Platz für den blauen Sommerhimmel.

„Das muss aber nicht immer heißen, dass die Personen, die diese Pfade repräsentieren, sich auch zwangsläufig begegnen", meinte Herr Blyantur, beugte sich zum Tisch hinüber und trank einen Schluck aus seinem Glas.

„Manche begegnen sich, manche nicht."

Der Mann sah zu Herrn Blyantur: »Wir sind uns aber begegnet.«

Herr Blyantur wies mit der Hand in den bewölkten Himmel hinauf.

„Schauen sie mal nach da oben."

Dort oben schwammen zwei Wolkenschichten. Die höhere der beiden sah etwas verwaschen aus. Diejenige eine Etage tiefer bestand aus etlichen einzelnen Haufenwolken. Beide Schichten bewegten sich in verschiedene Richtungen. Hätte Herr Blyantur sagen sollen, in welchem Winkel sie sich bewegten, er hätte wohl gesagt, im rechten.

Und er dachte sich, dass der rechte Winkel auch dann rechter Winkel hieß, wenn er sich links befand.

Und dass das schon komisch sei.

Die Männer saßen auf ihren Biergartenstühlen und starrten beide in den Himmel.

„So also könnten sich Zeitpfade auch kreuzen", sagte der Mann. „und sich trotzdem nicht in die Quere kommen."

„Kommt Zeit, kommt Rat", zitierte Herr Blyantur ein Sprichwort, nur um etwas zu sagen.

„Rat kommt wohl nicht, aber mein Bus kommt gleich", meinte der Mann mit einem kurzen Lacher. Er stand auf und verabschiedete sich von Herrn Blyantur: „Schön, dass unsere Zeitpfade ein paar Biere lang die gleiche Richtung hatten."

Und ging davon.

Herr Blyantur schaute ihm nach, trank dann den Rest seines schal gewordenen Bieres aus und dachte: Schon komisch, womit man seine Zeit verbringt, wenn man sie hat.

Die Zeit.

Paragraphenhengst

An der Koppel dort vorn, so dachte sich Herr Blyantur, mache ich eine Pause.

Und das tat er dann auch. Er lehnte das Fahrrad an eine Weide, der man im Vorjahr alle Äste abgesägt hatte, weshalb die Krone in diesem Sommer kugelförmig war. Die Koppel war von solchen gestutzten Weiden gewissermaßen umzingelt.

Auf der Koppel standen etliche Pferde unterschiedlicher Farbe. Eines davon, ein Brauner, hatte auf der Stirn einen kleinen weißen Fleck. Dieser ähnelte einem Zeichen, das Herr Blyantur auf der Tastatur selten anschlug.

Es sah dem Paragraphenzeichen ähnlich, das sich auf der Taste mit der 3 befindet.

Zu dem Mann, der gerade von seinem Traktor stieg, um das Tor im Koppelzaun zu öffnen, sagte Herr Blyantur: „Da haben sie ja einen hübschen Paragraphenhengst auf ihrer Koppel stehen."

„Ich muss sie enttäuschen", antwortete der Mann, „es ist leider eine Stute."

Herr Blyantur bestellt ein Wasser

Seine Urlaubstage verbrachte Herr Blyantur am Anfang des Winters in einem kleinen Gasthof im sächsischen Erzgebirge.

Der Wirt, von dem er nur noch weiß, dass sein Name eine Berufsbezeichnung ist und dass er ein sehr lustiger Mensch ist und lupenreines Sächsisch spricht, kam an den Tisch:

Was doarf ich ihnen bringn?

Ein Wasser.

Doa gibt's nu zwei Möschlischgeidn: gald odr Zimmrdem-bradur?

Kalt.

Doa hammr nu widdr zwei Möschlischgeidn: deutsches odr französ'sches?

Deutsches.

Nu hammr wiedr zwei Möschlischgeidn: gleen odr grouß?

Wie groß ist groß?

Ä halbr Lidr.

Groß.

Nu hammr sogoar drei Möschlischgeidn: schdill, medschum odr normal?

Normal.

Und schon bekam Herr Blyantur sein kaltes, deutsches, großes und sprudelndes Mineralwasser.

So einfach war das.

Teil 2:
Weltreise

Herr Blyantur und die Weltreise

Herr Blyantur hatte der Versuchung wieder einmal nicht widerstehen können. Am Wühltisch der Buchhandlung war ihm ein Schild aufgefallen, auf dem geschrieben stand, man könne jeweils einen Euro sparen, wenn man vier Bücher auswählen würde. Er suchte lange und hatte dann doch schließlich vier *preisred. Mängelexemplare* gefunden, von denen er annahm, sie könnten interessant sein.

In dem einen las er, im DDR-Duden käme das Wort *Weltreise* nicht vor.

Leider konnte er das nicht überprüfen, weil er einen solchen Duden nicht besaß. Und auch die zwei Bekannten, die er deswegen angerufen hatte, besaßen keinen DDR-Duden mehr. Vielleicht aber hatten sie auch nie einen solchen besessen, wollten es aber nicht zugeben.

Herr Blyantur sollte sich einen solchen kaufen, als er ab der neunten Klasse die Erweiterte Oberschule besuchte. Das Geld reichte aber nur zu einer abgespeckten in grünes Kunstleder gebundenen Variante namens *Rechtschreibung der deutschen Sprache* für knapp 6 Mark.

Weil das Buch aus dem Jahr 1960 stammt, kommt zwar das Wort *Sputnik* schon vor, aber *Computer* sucht man vergebens, denn auf *Commonwealth* folgt gleich *con brio*.

Weltreise aber kommt auch in diesem Buch nicht vor.

Herr Blyantur dachte sich: *Das will ich doch mal sehen, ob der Westduden das Wort kennt.*

47

Der kennt es allerdings.

Nun den *Wahrig* vorgekramt, den er sich kurz nach dem Umsturz – auch Mauerfall genannt - gegönnt hatte.

Dort steht es nicht drinnen.

Wenigstens steht es in dem Exemplar von Herrn Blyantur nicht drinnen, denn auf die Seite 1408 folgt unmittelbar die Seite 1441. Es fehlen zweiunddreißig Seiten. Es fehlt also eine ganze Lage. So lautet korrekt der Fachbegriff. Das teilte ihm die Mitarbeiterin des Verlages mit, der er die Geschichte per elektronischem Brief mitgeteilt hatte. Das Fehlen war ihm in all den Jahren nur deshalb nicht aufgefallen, weil er nichts gesucht hatte, was zwischen *Wandteller* und *wissen* verzeichnet ist.

Weil diese Seiten aber fehlten, fiel Herrn Blyantur wieder einmal etwas ein. Er hatte gewissermaßen eine *Assoziation*.

Vor vielen Jahren, als es am Busbahnhof neben seiner Arbeitsstelle noch die Volksbuchhandlung gab mit dem hundeliebenden Leiter, war das Erscheinen eines vierbändigen Lexikons angekündigt worden.

Man hatte das Internet noch nicht erfunden, ja, man hatte noch nicht einmal das *Wort Internet* erfunden. Da war man auf *Nachschlagewerke* angewiesen.

Also bestellte sich Herr Blyantur ein solches Lexikon, genau wie etliche seiner Kollegen.

Beim dritten Band passierte es dann. In Achims Exemplar war ein leeres Blatt geraten. Ein weißes Blatt Papier, das dafür sorgte, dass in einer Lage zwei leere Seiten erschienen.

Da war damals die Aufregung groß.

Emil, der zwar nur mit Spitznamen (heute sagt man *nickname*) so hieß, blätterte daraufhin akribisch jede Seite seines Exemplars um und verfolgte außerdem noch die Seitenzahlen.

Damit ja nicht etwa zufällig eine Seite abhanden gekommen sei.

Das Spielchen betrieb er dann natürlich auch bei dem im nächsten Monat ausgelieferten Band 4. Und mit ihm wie selbstverständlich auch alle anderen, die sich das Lexikon bestellt hatten. Auch Herr Blyantur gehörte damals zu den Leereseitensuchern. Allerdings ohne Erfolg.

Der Verlag des Wahrig hatte ihm Ersatz für sein *Mängelexemplar* geliefert.
Dieses Buch war um einiges schwerer und enthielt neben der fehlenden Lage auch 235 Seiten mehr.
Da würde Herr Blyantur Zeit brauchen, um festzustellen, welche Worte denn hinzugekommen waren in all den Jahren zwischen dem einen und dem anderen Buch.
Zunächst aber galt es, eine Sache nachzuschlagen.
Das tat er auch sofort, nachdem er die dünne Plastikhülle vom *Geschenkexemplar* abgerissen hatte.

Das Wort *Weltreise* war vorhanden.

Halber Liter

Es war das alljährliche Musikantentreffen, dass Herrn Blyantur in die Kastanienallee gelockt hatte. Er saß auf einer hölzernen Bank, deren Zapfenverbindungen schon so desolat waren, dass Schrauben zum Zusammenhalt herhalten mussten. Auf der gegenüberliegenden Seite der Straße stellten vier junge Männer mittels eines Schlagzeugs und dreier Gitarren rhythmischen Radau her.
So war das bei diesem Musikantentreff.
Man suchte sich einen Platz, an dem ein netter Geschäftsmann oder Kneipenwirt oder ein befreundeter Anwohner den Strom zur Verfügung stellte, ohne den die Verstärker nicht verstärkten.

Und dann musizierte man drauflos in der Hoffnung, mit seinen Klängen Anklang zu finden.

Die vier jungen Männer auf der anderen Straßenseite probierten es wenigstens.

Der Rotwein war ganz passabel.

Auf der Karaffe stand in Glasbuchstaben „mezzo litro", was Herr Blyantur kühn mit „halber Liter" übersetzte, denn genau das hatte er bestellt.

Herr Blyantur saß da, nahm ab und zu einen Schluck vom Rotwein, hörte die Geräuschkulisse und sinnierte über etwas, was ihm bei etlichen der Vorübergehenden auffiel.

Er überlegte sich, dass es Parallelen in der Historie geben könnte.

Zuerst kam ihm der Name d'Artagnan in den Sinn. Dieser und seine drei Musketierfreunde hatten nicht die Muskete, wie man vermuten könnte, als ihr Markenzeichen, sondern den Degen.

Ohne Degen ging es nicht.

Ohne Degen war fast so, wie ohne Kopf.

Die Gedanken kletterten die Synapsen entlang weiter in die Zeit des Grafen von Monte Christo. Da war es das Stöckchen, das Mode war und Muss. Es diente nicht als Gehhilfe, sondern war Statussymbol. Man trug es bei sich. Je reicher man war, desdo reicher verziert war der Knauf. Das Stöckchen selber war so wertvoll nicht, denn bei einem Geplänkel kam es schon mal vor, dass es auf dem Rücken des Widersachers zu Bruch ging. Dann drehte man den wertvollen Knauf an ein anderes Stöckchen.

Manch einer verbarg allerdings im Stöckchen auch ein Mordinstrument namens Dolch.

Oder ein Gefäß zur Bereitstellung geistiger Getränke.

Bei den Cowboys Nordamerikas ging es gar nicht ohne wenigstens zwei Colts.

Englische Gentlemans gingen niemals ohne einen schwarzen Regenschirm vor die Türe.

50

Das alles ging Herrn Blyantur im Kopf herum, als er seine Zeitgenossen beobachtete, die auf der Straße an seinem Platz auf der Bank vorüber gingen.

Und etliche der Vorübergehenden hatten eine Halbliterflasche Bier in den Händen.
Degen, Stöckchen, Colt oder Regenschirm der Neuzeit?

Französin

Die Frau saß mit einem Halbwüchsigen, der sicherlich ihr Sohn war, auf der Bank, die auf dem Bürgersteig an der anderen Seite der Restauranttüre stand. Sie lächelte, wenn er zu ihr hinüber sah.
Er konnte nicht erkennen, in welcher Sprache sie sich mit dem Jungen unterhielt und das machte ihn unruhig.
Er würde es so gerne wissen.
Als sie ihm das nächste Mal zulächelte, versuchte er es mit seinem sehr dürftigen Schulenglisch und der Frage: „Where do you come from?".
Als er dann die Antwort „Parie" hörte, schlussfolgerte er sofort und messerscharf, dass das Paris heißen müsse. Und dass das französisch war.
Diese Sprache konnte Herr Blyantur nicht sprechen.
Und verstehen konnte er sie auch nicht.
Einmal allerdings hatte er mit dieser Sprache zu tun.
Er war ungefähr in dem Alter, in dem er den französischen Jungen neben der französischen Frau vermutete.
Und er hatte eine Freundin. Neben dieser saß er in der Wohnstube ihrer Oma auf dem Polstermöbel, das man *Schäßelong* nannte, das aber *Chaiselongue* geschrieben wird.

Er lag hingefläzt und hatte den linken Ellenbogen auf ein Kissen gestützt. Es war das Kissen mit dem grünen Blatt. Dieses Blatt war aus dünnem Filz ausgeschnitten worden und von seiner Freundin mit Schlingstichen auf das Kissen aufgenäht worden, um das Loch zu verdecken.

Herr Blyantur wusste auch, was es mit diesem Loch auf sich hatte. Der Goldhamster der Oma war durch die nicht richtig verschlossene Türe seines Käfigs in die Freiheit entsprungen. Er hatte es sich dann unter dem Kissen gemütlich gemacht. Und bei dieser Gelegenheit hatte er das Loch in das Kissen geknabbert, um sich im weichen Inneren auszuschlafen.

Die Suche nach dem Tierchen war erst zu Ende, als Herr Blyantur sah, dass sich das Kissen bewegte, als würde es atmen.

Er lag also hingefläzt da und hatte vor sich das Buch mit den französischen Vokabeln. Er sollte seiner Freundin die deutschen Worte sagen und sie würde mit den französischen antworten.

Bei dieser Gelegenheit war es dann, dass er den einen französischen Satz lernte, der ihm seither immer mal wieder einfiel.

Jaques Laroche et Jean Fuger aujurd`hui sant à Paris.

Was weiter nichts hieß, als dass zwei Franzosen mit komischen Namen heute in Paris angekommen sind.

All dies hätte Herr Blyantur der Frau auf der Bank nebenan gerne erzählt. Doch sie hatte soeben die Rechnung bezahlt, sich erhoben, Herrn Blyantur ein letztes Mal zugelächelt und war gemeinsam mit dem halbwüchsigen Knaben gegangen.

Sie hätte mich ohnehin nicht verstanden, dachte sich Herr Blyantur.

Und er war ein ganz klein wenig deprimiert.

Buchsuche

Der Vorname des Autors enthielt ein a mit einem winzig kleinen Kreis darüber. Herr Blyantur fand dieses Zeichen bei den Sonderzeichen des Rechners. Außerdem fand er heraus, dass es bei einer schwedischen Tastaturbelegung dort zu finden wäre, wo im Deutschen das Ü ist.

Das Buch, das er gekauft hatte, gehörte in eine Krimireihe mit einem schwedischen Kriminalkommissar, der einen italienischen Familiennamen und einen eher nordischen Vornamen trug.

Es war das vorletzte Buch der Reihe, von der er das letzte schon besaß. In dem Moment, in dem er den Klappentext las, wusste er, dass er dieses Buch schon einmal gelesen hatte. Wann das war und wessen Buch das war, das fiel ihm nicht ein. Er meinte zu wissen, dass er es gekauft hatte.

Schon einmal gekauft vor einigen Monaten.

Er befragte diejenigen Leute, denen er das Buch geliehen haben könnte. Doch keiner von ihnen hatte es sich ausgeliehen.

Da grübelte er und grübelte weiter. Und durchsuchte seine Buchbestände. Mitten in der Nacht fiel ihm ein, wo es sein könnte. Da stand er dann auf und ging ins Nebenzimmer.

Sonnenstrahlen, zwar solche, die vom Mond reflektiert wurden, aber dennoch Sonnenstrahlen, malten einen breiten hellen Streifen auf den Teppichboden. Er machte einen Schritt über den Streifen, als könne er ihn verletzen, wenn er darauf träte.

Dann schaltete er den Rechner an.

Im Bilderordner suchte er nach einem bestimmten Foto.

Als er im Jahr zuvor in der Uckermark in einem Schlosshotel gewesen war, hatte er das Foto gemacht. Mit dem Selbstauslöser. Er hatte damals den Fotoapparat auf den Müllkübel gegenüber der Bank gestellt, auf der er gesessen hatte. Die Objektivkappe war als Stabilisierung druntergeklemmt worden und dann hatte ihn der Apparat beim Buchlesen fotografiert.

Dieses Foto suchte er nun. Und er fand es. Nachdem er den Ausschnitt mit dem ziemlich unscharf gewordenen Buch vergrößert und nachgeschärft hatte, sah er es.

Es war ein anderes Buch.

Später einmal würde er noch ein Buch suchen.

Und es nicht finden. Er würde es noch einmal kaufen.

Damit hätte er dann zwei Bücher zweimal gekauft.

Saunagänge

„Das ist aber schön, Sie auch mal wieder zu sehen."

Das sagte die hübsche Veronika, als Herr Blyantur nach fünf Jahren Pause die Sauna aufsuchte. Mit einer solchen Begrüßung hatte er nicht gerechnet. Schließlich war er fünf Jahre lang „fremdgegangen" in die Sauna eines Sportstudios, genannt „die Muckibude". Nun also war er wieder mal hier. Der Rundgang bescheinigte ihm, dass sich soviel nicht verändert hatte. Den Saunaraum hatte man vergrößert und seinen Eingang verlegt. Wände und Decke war noch im Design der Anfangszeit.

Wie die Maler das gemacht hatten, das wusste Herr Blyantur nicht und konnte es auch nicht erfahren. Es sei schon so gewesen, als sie die Sauna übernahmen. So erklärte die hübsche Veronika es.

Die Wand war braun und orange gestrichen und es sah aus, als ob die braune Farbe mit irgendeinem Wischwerkzeug über den orangenen Untergrund verteilt worden wäre. Es war ja auch egal, wie es gemacht worden war.

Herr Blyantur jedenfalls sah, wenn er nur lange genug auf die Wand sah, Gesichter erscheinen. Nicht Gesichte, nein Gesichter.

Herr Blyantur sah also Gesichter auf der Wand. Eines sah aus, wie der Zauberer Hotabb, den er aus einem sehr alten sowjetischen Kinofilm kannte. Das war der gewesen, der bei einem Fußballspiel 22 Fußbälle vom Himmel regnen ließ, damit jeder auf dem Platz seinen eigenen haben konnte. Mancher mag jetzt denken, das ist doch einer zuviel, denn einer war ja schon im Spiel. Wer so denkt, hat den Schiedsrichter vergessen.

Ein anderes Gesicht schien einem Mädchen mit Bubikopf, das sich ein Handtuch vor den Mund hielt, zu gehören. Diese beiden konnte er jedes Mal wieder erkennen. Das war deshalb so einfach, weil das Handtuch des Mädchens gleichzeitig der Turban vom Zauberer Hotabb war. Auch andere Gesichter glaubte er zu sehen.

Herr Blyantur versuchte immer, diese eine Saunaliege zu besetzen, von der aus er die braun-orangene Wand betrachten konnte.

Schon einmal hatte er solche Assoziationen gehabt. Da hatte er aber nicht auf einer Saunaliege gelegen, sondern im Sand des Ostseestrandes. Und er hatte auch keine Wand betrachtet, sondern in den Wolkenformationen nach Gesichtern oder Gegenständen geforscht.

Einmal nun geschah es, dass Herr Blyantur seinen Bademantel nicht finden konnte, als er sich nach dem zweiten Saunagang mit Aufguss und nach der Abkühlung im Tauchbecken in diesen einwickeln wollte. Er suchte alle Haken in der Sauna ab und fragte sogar bei der hübschen Veronika nach, ob sie wüsste...

Sie wusste nicht.

Da marschierte Herr Blyantur, umhüllt nur von einem Handtuch, zu der besagten Saunaliege.

Dort drauf lag aber schon jemand.

Der Bademantel, in den dieser Jemand gehüllt war, sah verdammt dem Bademantel von Herrn Blyantur ähnlich.

Herr Blyantur beugte sich hinunter und sagte leise aber vernehmlich zu dem Mann: „Können sie mal bitte in die linke Bademanteltasche greifen und mir meine Brille geben?"
So schnell hatte Herr Blyantur noch niemals einen Mann von einer Liege springen und sich einen Bademantel regelrecht vom Leibe reißen sehen.

Optische Täuschung

Er hatte sich im Doppelstockzug oben auf die linke Seite gesetzt. Dorthin schien die Sonne.

Es könnte nicht schaden, dachte sich Herr Blyantur, etwas davon abzubekommen, um den Vitamin D-Haushalt aufzubessern. Dass die UV-Strahlung, die das bewirken sollte, vom Fensterglas nicht durchgelassen wurde, fiel ihm erst später ein.

So war er unterwegs in Richtung Süden.

Dann tauchte das *Tropical Island* auf. Dessen Kuppel ragt mehr als hundert Meter in die Höhe und bei guter Sicht würde er sie vom Berliner Fernsehturm aus sehen können,wenn er dort oben wäre, statt im Zug auf der Fahrt in den Süden zu sitzen.

Hinter dem neben den Bahngleisen verlaufenden Busch- und Baumstreifen glitzerte es.

Ein See, der ihm bisher nicht aufgefallen war?

Schon oft war er diese Strecke gefahren.

Zuerst als Student in den sechziger Jahren des vorigen Jahrhunderts. Doch damals hatte er sich statt der vorbeiziehenden Landschaft mehr die weiblichen Mitreisenden angesehen. Vielleicht war ihm der See damals deshalb nicht aufgefallen.

Seit er sich das Mumienticket angeschafft hatte, fuhr er nun die Strecke meistens wieder mit der Bahn.

Vielleicht hatte Herr Blyantur während der vorigen Reisen auf der anderen Seite gesessen. Dieser See war ihm nicht aufgefallen. Und doch hatte er ihn soeben glitzern sehen hinter dem Streifen aus Bäumen und Büschen. Der Zug war aber so schnell vorbei gefahren, dass es nicht möglich war, Genaueres zu erkennen.

Der Besuch bei den Enkeln ließ ihn dann das glitzernde Rätsel vergessen.

Auf der Rückfahrt erinnerte er sich aber wieder und setzte sich diesmal auf die rechte Seite. Er hielt angestrengt Ausschau nach dem Phänomen.

Und da sah er es dann.

Er hatte die schwarzen Plasteplanen der Spargelfelder für eine Wasserfläche gehalten.

Dimensionen

Das erste Buch, das er geschenkt bekam, hieß *Der freche Max*.

Da war er sechs Jahre alt.

Genau das fiel ihm ein, als er vor dem Technikmarkt stand, in dem man von Mixer bis Macintosh und von Kühlschrank bis Kamera alles Mögliche mit und ohne Stecker kaufen kann.

Im Namen dieses Geschäftes kommt der Name seines ersten Buchhelden auch vor. Er schlenderte durch die Regalreihen ohne wirklich die Absicht zu haben, Geld für irgendwas auszugeben. Nur so zum Gucken.

Da bemerkte er plötzlich, dass eine der Verkäuferinnen ihm folgte. Sie hatte kurzes rötlich getöntes strubbliges Haar und war sehr jung und sehr hübsch.

„Was wird die wohl von mir altem Knacker wollen?", fragte sich Herr Blyantur.

Er schlenderte absichtlich durch mehrere Regalreihen. Sie verfolgte ihn weiter.

Am Regal mit den Radios kam sie heran.

„Da haben sie mir ja vielleicht einen schönen Streich gespielt.", sagte sie, „Die Kollegen haben mich tagelang damit aufgezogen."

Sie stand nun so nahe vor ihm, dass er sie wiedererkannte.

Damals aber hatte sie blondes, bis auf die Schultern fallendes Haar gehabt.

Und er erinnerte sich.

Es war etliche Wochen zuvor passiert.

Er war in dem Geschäft gewesen und hatte an den Flachbildfernsehern oben rechts solche aufgeklebten Dreiecke gesehen. Auf den einen stand *3D*, auf anderen *2D*.

Er sprach die junge Frau an, die als Mitarbeiterin des Geschäftes gekennzeichnet war und die jetzt wieder vor ihm stand. Er hatte sie angelächelt und gefragt: „Haben sie die Fernseher auch in 1D?"

„Da muss ich mal nachfragen gehen", hatte sie gesagt und war nach hinten verschwunden.

Herr Blyantur seinerseits verschwand damals dann sicherheitshalber nach vorne raus.

Gefährdete Weihnacht

Das durfte nicht wahr sein.

Er wollte es nicht glauben, aber es war so.

Wer ist es, der einem kleinen Jungen einen solchen Schrecken einjagt, dachte er.

Auf diese Frage brauchte er eine Antwort.

Er würde sie suchen und er würde sie auch finden.

Dabei hatte alles ganz normal angefangen. Der Tag war abgelaufen wie jeder Tag. Bis er nach Hause kam.

Marcus war ein Schlüsselkind. Seit einigen Monaten ging er nach der Schule nicht mehr in den Hort, sondern gleich nach Hause. So also auch an diesem Tag.

Die Schuhe ausziehen, Wohnungstüre aufschließen, Jacke an den Haken hängen nebst Mütze und Schal, das waren schon automatisierte Abläufe, die er sich in den vergangenen Monaten angewöhnt hatte. Auch, um sich und seiner Mutter einigen Stress zu ersparen. Dann ging er in sein Zimmer, stellte die Schultasche auf den Hocker und setzte sich an seinen Schreibtisch. Sein Blick fiel auf den Abreißkalender, den ihm sein Opa im vorigen Jahr zu Weihnachten geschenkt hatte. Seit dem ersten Januar hatte er an jedem Tag ein Kalenderblatt abgerissen.

Zuerst hatte er nicht gewusst, was die komischen Abkürzungen SA, SU, MA und MU bedeuten sollten, die vorne auf jedem Blatt standen. Doch dann war ihm eingefallen, dass es Sonnenaufgang und Sonnenuntergang heißen könnte. Das Gleiche auch für den Mond. Die Zahlen hinter den Abkürzungen hatten ihn auf die Idee gebracht, denn es waren Uhrzeiten.

Ende März oder Anfang April war dann der Knubbel der Kalenderblattreste, die zwischen den beiden Drähten der Klammer fest steckten, so dick geworden, dass er ihn entfernen wollte. Mit einer gerade gebogenen Büroklammer hatte er keinen Erfolg, also nahm er die Zirkelspitze. Seither riss er die einzelnen Blätter so vorsichtig ab, dass keine Reste hängenblieben.

Hinten auf den Kalenderblättern standen manchmal Sprüche, die ihm gefielen. Diese klebte er auf die Pappe mit der Sonnenblume, an der der Kalender befestigt war. Die Sonnenblume, von seinem Opa im Garten fotografiert, war inzwischen nur noch zu erahnen. Nun saß er also auf seinem Stuhl, den Abreißkalender im Blick.

Wie viele Blätter würde er wohl noch abreißen müssen, bis es Weihnachten wäre. Er nahm den Kalender von der Wand und begann zu zählen.

Und da bemerkte er es.

Es war schrecklich.

Er spürte plötzlich, wie sein Mund trocken wurde. Auf der Zunge hatte er ein pelziges Gefühl. Er konnte es unmöglich für sich behalten. Er musste mit jemanden darüber reden. Die Eltern würden erst am Abend nach Hause kommen.

Er rief also seinen Freund Ulrich an. Der hatte seinen Vornamen dem Starrsinn seiner Mutter zu verdanken, die sich partout nicht hatte davon abbringen lassen, ihrem Erstgeborenen den Namen ihres Lieblingsonkels zu geben. Es gab aber niemanden, der Ulrich zu ihm sagte. Alle riefen ihn nur Ulli.

Aus dem Telefonhörer erklang nach etlichen Piepsern die Stimme einer Frau, die verkündete: „Der gewünschte Gesprächsteilnehmer ist momentan telefonisch nicht erreichbar."

Ärgerlich. Marcus warf das Telefon auf das Sofa und ging in die Küche. Dort nahm er einen Zettel und schrieb „Bin bei Opa" drauf. Den Zettel lehnte er an den Kerzenständer mit den vier Kerzen, den seine Mutter auf dem Küchentisch platziert hatte, weil sie in der Adventszeit gerne bei Kerzenschein frühstückte.

Den Kalender packte er vorsichtig in den Rucksack. Dann zog er sich an und anschließend die Tür ins Schloss und marschierte los.

Glücklicherweise hatte das Schneegestöber aufgehört. Er kam trotz der verschneiten Gehwege gut voran. Marcus wischte mit der Hand an einer Hainbuchenhecke entlang, so dass eine glitzernde Wolke aus Schneekristallen von den braunen dürren Blättern aufstob und hinter ihm davonflog.

Als er an der abgebrochenen Kiefer vorbeikam, sah er weiter vorn einen Mann den Schnee vom Gehweg fegen. Es war aber nicht sein Opa, sondern der Nachbar Herr Blyantur.

Marcus rief: „Tach Onkel Curt."

Er nannte den Nachbarn seines Opas schon immer Onkel, obwohl der nicht mit ihm verwandt war.

„Hallo Marcus, willste deinen Opa besuchen?"

Diese Frage fand Marcus nun wirklich blöd, stand er doch direkt vor dem Gartentürchen seines Opas.

„ Ja", antwortete er deshalb nur, während er zusah, wie „Onkel Curt" den Schnee von seinem amerikanischen Briefkasten abfegte.

Marcus ging den Weg zum Haus entlang und freute sich, dass Opa Piet das Vogelhäuschen im Vorgarten in Ruhe gelassen hatte, so dass es seine weiße Schneehaube noch hatte.

Sein Opa freute sich über den unverhofften Besuch.

Sie saßen in der Küche und Markus hatte eine Tasse Kakao vor sich stehen und eine Schale mit seinen Lieblingskeksen. Den Kakao trank er nur seinem Opa zum Gefallen, die Kekse mit der Schokoladenschicht dazwischen aß er freiwillig.

Dann erzählte er von der schrecklichen Feststellung.

Er holte den Kalender aus dem Rucksack und zeigte seinem Opa, was er meinte.

„Es fehlt das Kalenderblatt vom Vierundzwanzigsten. Vom Heiligabend."

Marcus fühlte mit einem Mal ein Kribbeln in der Nase und bemühte sich, das Wasser, das in den Tränenkanälen nach oben strebte, im Zaume zu halten. Im Gesicht seines Opas begannen sich die Fältchen zu kräuseln und er konnte nur mit Mühe ein Lächeln unterdrücken. Marcus schien es, als stimme hier etwas nicht.

„Dann fällt der wohl aus", meinte Opa Piet. Und dabei grinste er schließlich doch ganz komisch. Dann ging er in die Stube und Marcus wischte verstohlen die angefangenen Tränen aus den Augenwinkeln. Opa Piet kam mit einem Buch zurück, das Marcus gut kannte. Es war ein ziemlich dickes Buch mit einem hellbraunen Kunstledereinband. Opa Piet hatte davon vier Stück. Auf allen stand „Lexikon in vier Bänden" geschrieben.

Auf dem Band, den der Opa in der Hand hielt, stand außerdem noch „M – S" auf dem unteren Teil des Buchrückens.

Opa Piet schlug das Buch auf und entnahm ihm das zwischen den Seiten 541 und 542 liegende platt gepresste Kalenderblatt mit der schwarzen 24.

„Ich wundere mich, dass du es nicht eher gemerkt hast. Ich warte schon seit einiger Zeit, dass mein kleiner Scherz entdeckt wird."

„Dein Scherz hat mir einen gehörigen Schrecken eingejagt", meinte Markus und hielt dem Opa den Kalender hin.

„Nun mach ihn wieder ganz."

Opa Piet holte sein Taschenmesser aus der rechten Hosentasche, klappte es auf und schob es zwischen den 23. und 25. Dezember. Er drückte die Kalenderblätter auseinander und schob die 24 dazwischen. Dann presste er den Kalenderblock wieder zusammen.

„Wenn du mir dieses Jahr wieder einen Abreißkalender schenkst, dann zähle ich aber gleich am Jahresanfang nach, ob es 365 Blätter sind", sagte Marcus.

„Da wirst du aber staunen, dass es ein Blatt zuviel ist, denn nächstes Jahr ist ein Schaltjahr. Da sind es dann 366 Tage", erwiderte Opa Piet lächelnd.

„Doch Heiligabend wird trotzdem am Vierundzwanzigsten sein", erwiderte Marcus zufrieden und mit einem Grinsen.

Dem Leser bleibt es nun überlassen, zu erraten, wo denn der Fehler in dieser Geschichte stecken mag. Dass es einen gibt, ist gewiss.

Alkoholische Gärung

Während Herr Blyantur langsam wach wurde, merkte er es schon. Etwas war nicht so, wie sonst. Jemand war in seinem Kopf mit einem Presslufthammer zugange. Vielleicht waren aber auch viele winzige Männlein mit solchen hüpfenden Fröschen, die man von Baustellen kennt, dabei, sein Gehirn zu verdichten. So fühlte es sich an. Er verfluchte die Feier des gestrigen Abends, wie er das in solchen Situationen aber immer mal wieder tat. Und schwor sich, auch immer mal wieder, es nicht mehr soweit kommen zu lassen.

Herr Blyantur schwenkte die Beine vorsichtig über die Bettkante, krampfhaft bemüht, den Kopf so wenig wie möglich zu bewegen. Und schon gar nicht ruckartig. Zuerst ging er ins Bad. Dort hielt er den Kopf in den kalten Wasserstrahl und verschaffte sich somit eine gelinde Erleichterung. Der Schmerz war erst einmal kurzfristig betäubt. So konnte er in der Küche die Kaffeemaschine in Gang bringen. Er nahm doppelt soviel Kaffeepulver wie gewöhnlich. Der schwarzbraunen Brühe, die er schließlich erhielt, fügte er den Saft einer soeben ausgequetschten Zitrone hinzu. Ohne Zucker und mit Todesverachtung schluckte er das Gebräu und hoffte, dass es Linderung verschaffen würde. Wenigstens versprach das eine seiner Bekannten, die ihm dieses „Geheimrezept" verraten hatte.

Im Tiefkühler fand er dann das auf minus achtzehn Grad herunter gekühlte Gelkissen und wickelte es in ein Tuch. Dann legte er sich vorsichtig auf das Sofa in der Stube und das kalte Kissen auf die Stirn. Er deckte sich mit der braunen Decke so zu, dass der hellbraune Pferdekopf, der die Decke schmückte, auf seinem Bauch zu liegen kam.

Nur nicht denken, dachte er. Doch dann begannen sich seine Gedanken vorsichtig an den Synapsen entlang in die Vergangenheit zu hangeln. Und er wusste nicht, warum ihm das passierte.

Er war vielleicht sechs Jahre alt und besuchte seinen Lieblingsonkel Gerhard, der aber von der gesamten Verwandtschaft und von allen Bekannten nur Gerrat gerufen wurde. Onkel Gerhard wohnte in einer stillen Straße in einem Einfamilienhaus. Vorne an der Straße waren die hölzernen Zaunfelder zwischen halbhohe rotbraune Klinkersäulen eingeklemmt. Nach dem Gartentürchen ging man auch auf einem Weg, der aus ebendieser Sorte Klinker bestand, bis zum Hof. Die Steine waren in einem schönen Muster verlegt, von dem er nicht wusste, wie man es nannte, das er später aber als Fischgrätverband kennenlernen sollte. Links war eine Rinne aus den Ziegeln gestaltet, die das Regenwasser bis auf die Straße und damit in die Kanalisation leitete. Curtchen ging jedes Mal mit dem linken Fuß in der Rinne und mit dem rechten auf dem Weg bewegte sich so in einem wiegenden Auf und Ab. Fast kam es ihm vor, als schwebte er. Wenn er am Ende der Rinne anlangte, stand er unter dem großen Walnussbaum, der ihm riesig erschien, denn er selber war ja noch ein Zwerg.

Sein Onkel befand sich in der Waschküche, die links an das Haus angebaut worden war und die ursprünglich einmal eine Stall war für Kaninchen und Ziegen. Nun war in eine Ecke des Raumes ein Ofen gemauert worden, in den ein großer emaillierter Kessel aus Gusseisen eingelassen war. Drunter wurde Feuer gemacht und seine Tante Liesbeth kochte die Wäsche darin.

Jetzt aber war Onkel Gerhard in der Waschküche und füllte etwas in eine große bauchige Glasflasche. Curtchen stand daneben und staunte.

„Das wird Johannisbeerwein", sagte Onkel Gerrat.

„Ich will auch Johannisbeerwein", nörgelte Curtchen.

Sein Onkel gab ihm eine leere Weinflasche und füllte etwas von seiner rosafarbenen trüben Brühe hinein. Obenauf verschloss ein kleiner Wattebausch den Flaschenhals.

„Jetzt musst du warten, bis es Wein geworden ist", sagte er.

Warten war jetzt nicht das, was Klein-Curtchen besonders gut beherrschte. Da unterschied er sich nicht von den anderen Kindern seines Alters.

Er hatte die Flasche in der Nähe des Walnussbaumes abgestellt, hockte sich davor und beobachtete gespannt, ob etwas passiert. Es war nichts zu sehen.

Als er dann meinte, lange genug gewartet zu haben, zog er den Wattebausch heraus und trank einen kräftigen Schluck von seinem „Wein".

Das hätte er nicht tun sollen. Augenblicklich wurde ihm übel. Er schaffte es noch zum Walnussbaum. Dort übergab er sich und fing an, jämmerlich zu weinen.

Tante Liesbeth und Onkel Gerhard waren sofort zur Stelle.

Gemeinsam trösteten sie ihn. Nach dem Genuss eines Stücks Würfelzucker als Bonbonersatz ging es Curtchen aber schon bald wieder gut.

So also hatte damals die Alkoholkarriere begonnen, die nun diese vorne geschilderten Auswirkungen zeitigten.

Und dieses Mal, so schwor er sich ein weiteres Mal, dieses Mal sollte das letzte Mal sein.

Kleenkoschen I

Er hatte es in den Kalender geschrieben.

Es stand schon viele Jahre im Kalender.

Immer am 11. Februar stand geschrieben „Jahrestag der letzten Kippe". Es stand nicht dabei, der wievielte Jahrestag es war, denn Herr Blyantur wollte sein Gedächtnis nicht rosten lassen und es in jedem Jahr erneut nachrechnen. In diesem Jahr errechnete er den 17. Jahrestag. Und weil er nun schon mal beim Rechnen war, rechnete er aus, dass er nun länger *nicht* geraucht hatte, als er jemals geraucht hatte.

Wie seine Raucherlaufbahn begonnen hatte, wusste er noch ganz genau.

Es waren Sommerferien und er wollte sich ein Sakko kaufen. Doch das Geld dafür musste er sich verdienen.

In der so genannten Kaderabteilung des Betriebes traf er auf eine Frau, deren blonde Haarpracht der Mode entsprechend, steil nach oben toupiert war.

Sie konnte drei Dinge gleichzeitig machen. Sie schrieb, ohne auf die Tasten der Schreibmaschine zu gucken den Arbeitsvertrag, redete mit ihrer Kollegin am anderen Schreibtisch und rauchte unentwegt. Die Zigarette hatte sie aus einer rot-weißen Pappschachtel, auf der *CASINO* geschrieben stand, gezogen und mit einem Streichholz angezündet, bevor sie begann, den Arbeitsvertrag zu schreiben.

Das Streichholz benutzte sie, weil das Gasfeuerzeug noch gar nicht erfunden war.

Ausgerüstet mit diesem Vertrag machte sich Curt am nächsten Tag ganz früh am Morgen auf den Weg zu der Arbeitsstelle in Kleinkoschen. Die Einheimischen allerdings sagten niemals Kleinkoschen, sondern stets nur Kleenkoschen.

Hinter der Elsterbrücke ging es eine holprige Werksstraße entlang bis zu dem Komplex von Werkstattgebäuden und Baracken dicht am Tagebaurand.

Dort wurde er und zwei weitere Jungen, die aber zwei Jahre älter als er waren, vom Meister empfangen.

Der sprach: „Mein Name ist Gunter Krämer. Die Pünktchen bitte auf dem Nachnamen lassen." Und lachend fügte er hinzu: „Sonst würde ich Günter Kramer heißen. Das hätte meine Mutter nicht gewollt."

Dann sagte er, dass es zwei Pausen gäbe, Frühstück und Mittag. Sollten sie zwischendurch rauchen wollen, hätten sie in die Meestabude zu gehen, denn draußen wäre Rauchverbot.

Curt hatte zwar schon manchmal geraucht, aber zu den Rauchern zählte er sich nicht. Meist tat er es, wenn er mit Kumpels im Durchgang zum Kino stand, um den Mädchen zu imponieren.

Seine Arbeit bestand darin, in einer der Baracken Teile aus den Regalfächern zu nehmen, abzustauben, das Regalfach zu säubern und die Teile wieder einzuräumen. Eine reine Beschäftigungstheorie also.

Weil es das Materiallager der Elektriker war, lernte er dabei wenigstens, was ein Schütz und ein Motorschutzschalter war, denn das stand an den Schildern am Regalfach.

Seine beiden „Kollegen auf Zeit" gingen des öfteren in die *Meestabude, eene roochen.* Und Cutti ging mit. Allerdings, ohne zu rauchen. Das aber missfiel dem Meister Krämer. Rumsitzen ginge nicht. Eine rauchen wäre was anderes.

Und so kaufte sich Curt eine Zehnerpackung Zigaretten der Marke *JUBILAR.*

Und so wurde er dann zum Raucher, der er blieb, bis er schon lange nicht mehr Cutti war.

Sein langes Raucherleben lang gab er aber insgeheim stets dem Mann die Schuld, der *Meesta* genannt werden wollte und Wert auf die Pünktchen legte, die den dritten Buchstaben seines Nachnamens zierten.

Kleenkoschen II

An einem Tag seines Ferienarbeitseinsatzes hieß es frühmorgens: „Du gehst heute mit dem Elektriker." Dann erfuhr Curt noch, wo er diesen finden sollte.

Der Mann, zu dem er ging, schüttelte ihm die Hand und sprach: „Kannst Elektriker zu mir sagen. Schnapp dir die Tasche dort und komm mit."

Die Tasche war schwer. Sie war aus Förderbandgummi angefertigt und enthielt die Werkzeuge des Elektrikers. Curt hängte sie sich um.

Hinter dem Zaun begann ein Sandweg, der mit einem leichten Gefälle in den Tagebau hinunter führte. Es dauerte nicht lange und ringsum war nur noch Sand zu sehen. Curt kam sich vor, wie in der Wüste Gobi oder wie in der Karakum. Die Sahara oder die Atacamawüste fielen ihm damals als Vergleich nicht ein. Eventuell wäre ihm noch der Ostseestrand in den Sinn gekommen, denn den kannte er aus Kindertagen.

Die schwere Tasche schlug bei jedem Schritt an die Hüfte und Curt wechselte öfter auf die andere Seite.

Dann tauchte ein grauer Metallkasten am Wegrand auf. Sie hielten an und Curt konnte die Tasche absetzen. Der Elektriker

nahm einen Schlüssel aus der Tasche und öffnete die Vorderseite des Kastens. Dahinter kamen hunderte Drähte zum Vorschein, die an solchen Leisten angeklemmt waren. Er nahm ein Messinstrument und begann an einzelnen Stellen zu messen. Curt schaute ihm zwar interessiert über die Schulter, hatte aber keine Ahnung, was der dort maß. Er hörte nur ab und zu ein leises Piepsen.

Dann marschierten sie weiter. Links des Weges wurde die Böschung immer höher und die Erosionsrinnen, die der Regen hineingespült hatte, wurden immer tiefer. Auf dem Weg bildeten sich dort, wo die Rille endete, solch halbkreisförmige Sandhügel.

Nach einem endlos scheinenden Marsch erreichten sie den nächsten Kasten. Die Prozedur wiederholte sich. Doch auch hier schien der Elektriker nicht das gefunden zu haben, was er suchte. Sie gingen weiter. Curt ärgerte sich, dass er nicht dran gedacht hatte, etwas zu trinken mitgenommen zu haben.

Am nächsten grauen Kasten fand der Elektriker dann, wonach er suchte. Das Messgerät gab keinen Piepser von sich. Zwischen diesem Kasten und dem vorigen war also die Leitung unterbrochen. So erläuterte der Elektriker jetzt endlich den Zweck des gesamten Vorhabens. Die Frage war lediglich, wo die Unterbrechung war.

Auf dem Rückweg beobachteten beide die Umgebung ganz genau.

Curt sah es zuerst.

Zwei hochstehende Enden eines Kabels am Rande eines Plateaus, das von einer Planierraupe geschoben worden war.

Die Raupe hatte die Sandhügel am Fuße der Böschung auf die andere Seite die dortige Böschung hinunter geschoben. Dabei war das Kabel, das wohl nicht tief genug vergraben worden war, zur Seite geschoben worden und zerrissen. Der Raupenfahrer hatte es entweder nicht bemerkt oder es verschwiegen.

Zumindest war damit der Ausflug in den Tagebau beendet.

In vielen Jahren, wenn Herr Blyantur schon lange nicht mehr Cutti gerufen wurde, würde sich hier ein See ausbreiten. Und junge Leute würden mit solchen Wassermotorrädern über diesen See donnern.

Salve

Das war eine freudige Überraschung für Herrn Blyantur. Im Nachbarhaus hatte man wochenlang Krach und Dreck gemacht, um das Dachgeschoss zur Wohnung auszubauen. Herrn Blyantur hatte das so sehr nicht gestört, denn sein Grundstück war durch eine hohe Hainbuchenhecke vom Nachbargrundstück getrennt. Das war ja auch nicht der Grund zur Freude. In diese Dachgeschosswohnung war ein neuer Mieter eingezogen. Und das war eindeutig die Freude an der Überraschung, denn es war einer seiner Freunde aus der Zeit, als er noch Cutti gerufen wurde.

Sie hatten sich viele Jahre lang nicht gesehen. Doch wenn Herr Blyantur an seine Jugendzeit dachte, dann war Viktor meist ein Teil seiner Erinnerungen.

Schon einmal waren sie Nachbarn gewesen. Als Studenten in der großen Stadt mit dem großen Park und der Hochschule hinter diesem.

Das sogenannte Gartenhaus, in dem sie nebeneinander wohnten, ist mit dem Begriff Bruchbude noch milde umschrieben. Es gibt davon – Herr Blyantur hatte sich davon kürzlich überzeugt – nur noch eine halbe rückwärtige Wand, die das höherliegende Gelände dahinter abstützt.

In dem Zimmer, das Viktor mit Frau und Töchterchen bewohnte, hing an der Wand ein Foto seines Großvaters, von seinem Vater handcoloriert, das heißt mit speziellen Buntstiften farbig gemacht. Viktor hatte sogar die Buntstifte in einer aufklappbaren dreiteiligen Blechschachtel noch vorzeigen können. Komischerweise hing das Bild aber kurz unterhalb der Decke.
Als Cutti ihn aus reiner Neugier daraufhin ansprach, hob Viktor das Bild vom Nagel.
Da sah man sie.
Löcher.
Die zahlreichen vergeblichen Versuche, einen Nagel einzuschlagen hinterließen eine perforierte Wand. Fast sah es aus, als hätte jemand eine Salve aus einer Maschinenpistole abgefeuert.

Nun war Herr Blyantur gespannt, ob Viktor das Bild noch hätte. Noch mehr interessierte ihn aber, wie es hinter dem Bild jetzt aussehen würde.

Panne

Herr Blyantur war ganz ratlos. Er hatte die Motorhaube aufgeklappt und guckte sich die darunterliegenden Teile an, um zu sehen, wo denn die Sicherungen wären.
Er konnte sie nicht finden. Also rief er den Pannendienst an.

Am Morgen war er nach dem ziemlich zeitigen Frühstück aufgebrochen, um den höchsten Berg des Gebirges zu erkunden. Dort hinauf fuhr eine Schmalspurbahn mit Dampfloks. Das Wetter sah vielversprechend aus. Die Sonne lugte ab und zu zwischen den Wolken hervor. Neben der Bahnstrecke waren Schilder zu sehen, die angaben, welche Höhe man erreicht hatte über dem Meeresspiegel.

Als er dann den Gipfel nach mehreren Stunden erreicht hatte, war es mit dem Sonnenschein vorbei. Ein Sturm tobte. Der trieb ihm die nassen Schneeflocken ins Gesicht und die Tränen aus den Augen. Zu seinem Pech hatte er noch seine „Frühstücksschuhe" statt der festen Wanderstiefel an, weil er es eilig gehabt hatte wegen der Zugabfahrt. So suchte er sich in dem Gasthaus einen Platz, um die Rückfahrtzeit des Zuges im Warmen abzuwarten. Dabei hatte ihm ein Freund gesagt, man könne bei guter Sicht die Landeshauptstadt in neunundsiebzig Kilometern Entfernung sehen. Herr Blyantur sah nichts außer einer weißen Wand.

Als er dann am Abend zurückkam zu seinem Auto, zuckte der Anlasser nicht mehr, so oft Herr Blyantur auch den Zündschlüssel herumdrehte.

Nun wartete er auf den Pannenhelfer.

Dabei dachte er an Dipol. Zwar nicht an das Bauteil der meisten Antennen, sondern an einen Kollegen aus Pumpe. Der hieß Dipol mit Spitznamen, weil er Dietmar Pohle hieß.

Eines Tages kam dieser am Morgen zur Arbeit, obwohl er doch Urlaub hatte.

„Ich muss bloß schnell den Motor wechseln", sprach er.

Daraufhin öffnete er die Motorhaube und den Kofferraum seines Trabbi. Er verschwand mit dem Oberkörper im Innern des

Motorraums und schraubte und montierte da drinnen. Nach einiger Zeit rollte er dann ein selbstgebautes Gestell, an dem ein Flaschenzug angehängt war, über den Motor und hievte diesen heraus.

Im Kofferraum war ein weiterer Motor, den Dipol innerhalb der nächsten Stunde vorne eingebaut hatte.

Am Mittag fuhr er davon, um Frau und Kind mitsamt Gepäck einzuladen und irgendwo *bei den Tschechen* seinen Urlaub zu verbringen.

Das waren noch Zeiten, dachte Herr Blyantur, als man am Auto noch was selber machen konnte außer betanken.

Der Pannenhelfer stellte später fest, dass Herr Blyantur vergessen hatte, am Morgen das Licht an seinem Auto auszuschalten. Die Batterie war platt.

Hätte er die Sicherungen gefunden, es hätte ihm nicht viel geholfen. Auch, weil sie gar nicht im Motorraum waren, sondern unterm Armaturenbrett.

Sandstein

An einem Freitag vor Weihnachten war es. Er wusste noch genau, dass es ein Freitag gewesen war. Weil Freitag der einzige Wochentag war, der einen Anfangsbuchstaben hatte, der nur einmal vorkam. Wochentage mit M, mit D und mit S gab es jeweils zweimal.

Solche Sachen merkte er sich komischerweise immer.

Die Treppe war aus Sandstein und an einigen Stellen heller, als an anderen. Die helleren Stellen bildeten so etwas wie einen

Pfad die breite Treppe hinauf. Das deutete auf Reparatur hin. Reparatur, die notwendig geworden war, weil wohl tausende und abertausende Füße den Sandstein im Laufe der Jahre abgenutzt hatten. Auch Herr Blyantur ging auf den hellen Stellen die Treppe hinauf bis zu der imposanten Türe. An dieser konnte man sehen, wie dick die Mauern der Kirche waren. Denn die Türe war das Eingangsportal in die Kirche, die ihren Namen von irgendeiner heiligen Anna erhalten hatte. Die Kirche war prachtvoll ausgestattet und Herr Blyantur schloss sich gewissermaßen illegal einer Führung an. Er hatte nicht bezahlt für die Führung. Weil aber die Akustik in der Kirche so hervorragend war, verstand er jedes Wort auch aus einem gewissen Abstand. Nebenher machte er Fotos vom Altar, von der Kanzel, von den herrlich bunten Fenstern und von der bemalten Kirchendecke.

Plötzlich begann jemand die Orgel zu spielen. Es bestätigte sich Herrn Blyantur Eindruck von der Akustik. Der Jemand übte zwar nur an dem Instrument, aber es war dennoch ein Erlebnis. Herr Blyantur saß still in einer Bank und hörte zu.

Beim Verlassen der Kirche sah er es dann. Auch seine Fotos waren illegal entstanden, denn er hätte eine Erlaubnis kaufen müssen. So stand es auf einer Tafel geschrieben neben dem Eingang, der für Herrn Blyantur nun der Ausgang war.

Als wenn es einen Magnetstreifen unter der Oberfläche gäbe, der ihn lenkte, ging er den Weg die Treppe hinab. Immer den hellen Stellen folgend.

Die Straße entlang marschierte er dann zum Marktplatz mit dem erzgebirglichen Weihnachtsmarkt. Vielleicht bekäme er ja dort ein *Raachrmannl* zu kaufen, den es im vorigen Jahr noch nicht gab.

Damit er ein exquisites Weihnachtsgeschenk hätte.

Paketschnur

„Die sechs Mappen lagen, mit einer Paketschnur zusammen-
gebunden, in seinem Schreibsekretär..."

Das schrieb Eva Strittmatter im Nachwort zu den posthum
herausgegebenen Geschichten „Kalender ohne Anfang und
Ende" ihres Mannes Erwin.

Darin las Herr Blyantur am Abend vor dem Einschlafen.

Am Morgen dachte er, das man so etwas heute nicht mehr
schreiben könnte. Heute benutzte man keine Paketschnur mehr,
heute nähme man braunes oder durchsichtiges Paketklebeband.

Herr Blyantur war noch so klein, dass man ihn Curtchen rief,
da wurde es Zeuge des Ereignisses Westpaket.

Sein Onkel, der das kleinere Deutschland in Richtung größe-
res Deutschland verlassen hatte und der sich hinter der Stadt
Köln als Knecht bei einem Bauern verdingt hatte, schickte einmal
ein solches Paket, als Curtchen bei den Großeltern in den Ferien
war.

Der Postbote hatte das Paket am Vormittag gebracht. Es lag
unberührt auf dem Küchentisch und wurde immer mal wieder
von der Oma und von Curtchen betrachtet. Geöffnet wurde es
nicht.

Man wartete auf den Opa.

Der arbeitete als Weichensteller beim Bergbauunternehmen.
Einen solchen Beruf gibt es heute nicht mehr. Weichen stellt der
Computer auf Knopfdruck.

Sein Opa hatte damals in einer winzig kleinen Bude gesessen. Diese konnte Curtchen einmal besichtigen, als er mit seinem
jüngsten Onkel auf dessen Fahrrad dorthin mitgenommen worden war. In dieser Bude gab es einen Tisch, einen Stuhl und

einen eisernen Ofen. Auf dem Tisch stand ein großes schwarzes Telefon. Wenn es klingelte, nahm der Opa den Hörer ab und lauschte. Dann sagte er: „In Ordnung" in den Hörer und ging hinaus zur Weiche. Mit dieser Weiche konnte er die Kohlezüge aus dem Tagebau nach links oder nach rechts schicken. Zur Brikettfabrik oder zum Kraftwerk hinüber. Am Telefon sagte man ihm, wo der nächste Zug hin sollte. Dann ging er hinaus und legte einen Hebel mit einem ziemlich schweren runden Gewicht am Ende um. Die Weiche war gestellt. Das war die Arbeit von Curtchens Opa.

Von der sollte er möglichst schnell nach Hause kommen, denn da wartete das Paket aus der fernen Stadt. Und mit dem warteten Curtchen, Oma und der jüngste Onkel. Ersterer auf Schokolade, Oma auf den Bohnenkaffee und der Onkel gierte nach *Peter Stuyvesant*, einer bekannten Zigarettensorte.

Und dann war es soweit. Der Hofhund *Strolch* zeigte es an mit Winseln und Schwanzwedeln. Der Opa kam. Zuerst aber wollte *Strolch* ausgiebig gestreichelt werden.

Dann endlich saß Opa am Tisch. Vor sich das Westpaket. Kaffeeduft, Puddingpulverduft, Schokoladenduft und Zigarrengerüche warteten darauf, entlassen zu werden in die Küchenumwelt.

Zuerst wurde die Paketschnur, die sich kreuzweise um die Hülle schlang, entfernt. Aber nicht etwa durchschnitten, sondern aufgeknüppert.

Weststrippe wurde nicht zerschnitten.

Auch das braune Packpapier legte Opa ordentlich zusammen. Darunter kam das Kunstwerk des nun rheinländischen Onkels zum Vorschein.

Über jede der sechs Flächen zogen sich mehrere Schnurbahnen. Die größte Paketfläche war dadurch in nicht weniger als zwölf Kästchen unterteilt. Und die Schnur war an jedem der zahlreichen Kreuzungspunkte verknotet.

Opa drehte und wendete das Paket, um das Ende der Schnur zu finden, das beim Aufknüppern dann der Anfang war. Und er band jeden Knoten auf und ließ sich auch nicht dadurch aus der Ruhe bringen, dass die Oma ihm das Kartoffelschälmesser hinhielt. Wie gesagt, Weststrippe wurde nicht zerschnitten.

Sehr viel später würde Herr Blyantur erfahren, dass diese aufwändige Verschnürung einen guten Grund hatte.

War sie zerstört, dann hatten die Zöllner an der Grenze zwischen den beiden Deutschlands das Paket geöffnet.

Visionen

Sie hatten sich an den Händen gefasst und gingen durch die Menschenmassen, die ihnen entgegen strömten. Sie wurden geschubst und angerempelt.

Sie drängten sich und zwängten sich hindurch. Auch Stühle und Tische waren im Wege. Als wenn ein Jemand sie absichtlich genau dort hingestellt hätte.

Er hielt ihre linke Hand fest in seiner rechten und sie quetschten sich überall vorbei.

Doch plötzlich war sie verschwunden.

Er fühlte in der leeren Hand noch die Wärme und den Druck ihrer Finger. Er ging sie suchen. All die Wege, die sie bis hierher entlang gegangen waren, ging er zurück. Die gemeinsam erlebten Orte suchte er ab.

Er fand sie nicht.

Nirgends.

Er war ganz verzweifelt.

Allein stand er auf einem völlig leeren Platz, denn all die Menschen und Gegenstände waren mit einem Mal verschwunden.

Plötzlich stand sie vor ihm. Sie war schön wie nie zuvor. Sie schien zu leuchten in ihrer Schönheit.

Sie lächelte ihn an.

Er wollte sie berühren, wollte sie streicheln. Doch sosehr er sich bemühte, die Fingerkuppen kamen nur bis auf wenige Millimeter an ihre Haut heran. Es war wie eine Grenzschicht, die er nicht zu durchdringen vermochte.

Sie schloss die Augen.

Sie schloss die Augen und *er* traute den seinen nicht.

Ihre Lider waren kleine maigrüne Birkenblätter.

Herr Blyantur atmete tief ein und wachte auf.

Es war halb zehn Uhr vormittags.

Die birkengrünen Augenlider aber ließen ihn den Tag über und in die halbe Nacht hinein bis in die nächsten Träume nicht mehr los.

Ein kleines Glücksgefühl

Wie einfach es ist, ein kleines Glücksgefühl zu erzeugen, hatte er heute erfahren.

Am Vormittag war er kurz entschlossen (der Ehrlichkeit halber gestand er ein, dass es so kurz entschlossen nun doch nicht war) zum Bahnhof gefahren.

Da ahnte er natürlich noch nicht, dass er es heute erfahren würde.

Dieses kleine Glücksgefühl.

Während er mit eiskalten Füßen auf den Zug wartete, der fast eine Stunde Verspätung hatte, wusste er ebenfalls noch nichts davon. Im Zug, wo seine Füße ganz langsam wieder die optimale Temperatur annahmen, lauerte das kleine Glücksgefühl auch nicht.

Herr Blyantur war unterwegs zu einer Freundin, der er mit einem überraschenden Besuch den Geburtstag verschönern wollte. So hoffte er wenigstens.

Doch *das* war es nicht, was dieses kleine Glücksgefühl hervorrufen würde.

Es war auch nicht das Mittagessen im Chinarestaurant. Obwohl dieses ihn schon ein wenig einstimmt haben könnte auf das zu erwartende Ereignis. Denn da war er doch schon frohgelaunt. Ausgestattet mit einem Blumenstrauß bestieg er die Straßenbahn der Linie 4. Er setzte sich hin, die Bahn fuhr los.

Noch war er nichtsahnend.

Die nächste Haltestelle kam heran.
Nach einer melodiösen Tonfolge wurde der Name der Station angesagt.Das kleine Glücksgefühl zog herauf. An der zweiten Station nahm es schon deutlicher Gestalt an, um an der dritten

vollends auszubrechen.

Nun war es da, das kleine Glücksgefühl.

Fast trieb es ihm Tränen in die Augen. Aber nur fast. Wenigstens erwärmte es ihm das Herz und er lächelte still vor sich hin.

Sie hatten einen genialen Einfall gehabt und in die Tat umgesetzt.

Sie hatten die Ansagen der Stationen der Straßenbahn von Kindern machen lassen.

Geschehen in der Stadt mit einer Kirche, die die Oberkirche genannt wird.

Teil 3:
Einwortgeschichten

Namen

Diese erste Geschichte des Teil 3 ist mal nicht von Herrn Blyantur erlebt. Die nächsten dann aber wieder.

Ich weiß es nicht, woher diese Affinität zu Namen kommt, die mich immer mal wieder dazu bringt, Leute zu nerven mit Vermutungen über die Herkunft ihres Namens.

Vielleicht ist ja der Professor Udolf schuld, der im Radio mittags immer zu bestimmten Familiennamen Nachforschungen anstellte.

Mich aber interessieren auch die Vornamen.

Die Kinder der Buchwalder Großeltern, fünf davon meine Onkel, eines meine Mutter, sollen als erstes Beispiel dienen.

Der älteste und der jüngste Sohn hatten einen Vornamen mit dem G als Anfangsbuchstaben.

Die Vornamen der Kinder dazwischen begannen alle mit H, wenn man den Namen meiner Mutter Johanna kühn mit dem Rufnamen Hanni interpretiert.

In der Kindheit nannten wir die Klassenkameraden und Freunde nicht beim Vornamen. Die Mädchen hießen die Schulzen, die Schustern, die Köhlern. Allerhöchstens wurden sie Schulzens Maria, Schusters Karin, Köhlers Elvira gerufen. Bei den Jungens gab es Steins Peter, Lehmanns Heinz, Blankensteins Rainer, Schapps Rolf.

Nach diesem Schema gestaltete sich die Namensgebung, wenn man von den anderen sprach.

Oder man hatte einen Spitznamen. Dann wurde der genommen. Meiner entstand zu einer Zeit, als in den Kinos wieder einmal der Schauspieler Charlie Chaplin der Star war. Weil wir die englische Sprache nicht kannten, sprachen wir das wie Scharlie Schapplin aus.

Beim Klassentreffen werde ich immer noch Scharlie gerufen.

Erst in Klasse 7 pochte unser Lehrer darauf, dass wir die Vornamen benutzten. Wir taten ihm den Gefallen. Nach der Schule aber wurde meist die gewohnte Benamsung verwendet.

In meiner Studentenzeit römisch eins wurden am Anfang denen Spitznamen gegeben, die einen solchen nicht mitgebracht hatten. Mein oben erwähnter blieb mir erhalten. Einer der Studenten nörgelte während der Spitznamenvergabe andauernd: *Einer muss Robert heißen.* Wir bestimmten ihn selber zum Robert. Dass er mit richtigem Vornamen Manfred hieß, wurde fast vergessen.

Als ich dann nur dreißig Kilometer von meinem Heimatort entfernt in Schwarze Pumpe arbeitete, lernte ich eine weitere Variante kennen, Leute zu benennen.

Dort hatten wir dann KönigSiegfried, HeimwerkerGunter, KaiserRenate, GroßHeinz oder SchulzeBernd. Ich selber wurde zu SchappRolf.

So wie ich es geschrieben habe, wurde es gesprochen. Zusammen und ohne Lücke. Die Großbuchstaben der Vornamen hab ich wegen der Verständlichkeit geschrieben.

Gesprochen wurden diese nicht groß. Betont wurde aber immer der Familienname.

Auch heute noch, wenn die alten Arbeitskollegen sich im Herbst zum Pumpetreff versammeln, wird diese Namensgebung verwendet.

Werde ich nach meinem Namen gefragt, sag ich den natürlich. Oft aber mit dem Zusatz *Wie es im Duden steht*. Und tatsächlich steht der Name im Duden.
Der Vorname als eine Kurzform von Rudolph, der Nachname als ein Begriff aus der Seemannssprache.

Aquarium

Er hatte ihn wieder einmal gesehen. Bei einem Bekannten. Eigentlich kannte er ihn schon seit der Zeit, in der das Betriebssystem der Computer noch DOS hieß. Doch manche Dinge verschwinden aus dem Gedächtnisspeicher und brauchen einen Anschubs, um wieder hervorzukommen. So war es auch hier. Der Besuch bei dem Bekannten holte die Erinnerung hervor.

Kaum war er zu Hause, schaltete er seinen Rechner an und ließ die Suchmaschine tun, was deren Name versprach.

Sie fand über 159 Millionen Treffer.

Für den Suchbegriff „Aquarium". Nachdem er als zweiten Begriff „Bildschirmschoner" dazugeschrieben hatte, reduzierte sich die Trefferzahl auf schlappe knappe 150000.

Der erste Bildschirmschoner, mit dem er mal Spaß hatte, nannte sich „Melting Ice". Wenn dieser sich einschaltete, gefror das Bild auf dem Bildschirm und begann dann nach unten zu fließen. Wie schmelzendes Eis eben.

Er hatte ihn heimlich auf dem Rechner der Sekretärin installiert. Das konnte man damals noch.

Er konnte noch ihren Schrei hören: „Curt, komm mal her, der Fernseher ist kaputt!!"

Sie sagte zum 15-Zoll-Röhrenmonitor anfangs immer Fernseher.

Der Aquariumbildschirmschoner war schön anzusehen, aber er war doch kein Aquarium.

Sein erstes Aquarium hatte Herr Blyantur als Schüler. Es war ein Vollglasbecken von zwanzig Litern Fassungsvermögen und es schwammen Guppys und Schwertträger darin herum.

Als das Schwertträgermännchen mit der markanten Spitze an der Schwanzflosse verschwunden war, hatte man die Katze im Verdacht. Sie war aber unschuldig, denn er fand das getrocknete Fischlein später hinter dem Becken. Es war an der Abdeckglasscheibe vorbei hinausgesprungen.

Später klebte er sich selber zwei Aquarien zusammen. Das Klebemittel hieß Cenusil und war einfaches Silikon, durfte so aber nicht heißen, weil der Name wohl geschützt war. Diese beiden Becken fassten um Einiges mehr als zwanzig Liter.

Mit seinem Freund holte er eimerweise roten Kies aus dem Fluss, der durch die Stadt floss. Dazu mussten sie sich nicht einmal die Füße nass machen, denn der Kies war aus dem Fluss ausgebaggert worden und so leicht erreichbar. Er hatte den großen Vorteil, schon gewaschen zu sein. Kurz durchspülen und dann ins Aquarium.

Der Fischhändler – man sollte vielleicht Zierfischhändler sagen – hatte seinen Laden gegenüber der Kirche. Man stieg drei Stufen hinauf und schon stand man drinnen. Alle Wände waren mit Aquarien in mehreren Etagen bestückt.

Einmal erlebte Herr Blyantur, wie eine Frau fragte, welche Fische er ihr denn empfehlen könne.

Da entspann sich der folgende Dialog:

„Wie lange haben Sie denn das Aquarium schon?"

„Mein Mann hat es gestern eingerichtet."

„Nun ja, ich kann Ihnen alle Fische verkaufen, die sie hier sehen. Davon lebe ich. Übermorgen sind Sie dann aber wieder hier, weil Ihnen die Fische alle gestorben sind."

„??"

„Lassen Sie das Becken eine Woche stehen und kommen Sie dann Fische kaufen. Dann bleiben die auch am Leben."

Herr Blyantur wusste noch, dass ihm diese Formulierung „Davon lebe ich." besonders gut gefallen hatte.

Der Laden war dann in den nächsten Jahren Herrn Blyanturs bevorzugtes „Fischgeschäft".

Er hatte den Bildschirmschoner dann doch nicht auf seinem Rechner installiert, weil die Vielzahl der Fische viel zu viel Speicherplatz beanspruchte.

Stapel

Herr Blyantur hatte in der Zeitung gelesen, es ginge der Trend hin zum papierlosen Büro. Die Rechentechnik würde es richten.

Das kann nichts werden, dachte er und erinnerte sich an den letzten seiner Chefs.

Dem musste er immer die Mails ausdrucken. Nicht, weil der das nicht gekonnt hätte. Nein, einzig, weil der auf dem Standpunkt beharrte, Computer wären was für's Fußvolk.

Herr Blyantur war Fußvolk.

So druckte er also die Mails, die für seinen Chef bestimmt waren, jedes Mal aus. Wenn diesem die Schrift zu klein war, vergrößerte er sich die ausgedruckte Seite am Kopierer auch schon mal auf DIN A3.

In der Zeit des computerlosen Büros saß Herr Blyantur in einem Raum mit seinem Kollegen Henry. Ihre Schreibtische waren gewissermaßen Rücken an Rücken zueinander aufgestellt.

Ein Eigenbau-Bausatzradio war paritätisch auf die Schreibtische platziert, stand also auf der Fuge zwischen den beiden Tischen.

Auf den Schreibtischen sah es meist chaotisch aus. Papierstapel dort, wo heutzutage Monitor und Tastatur beheimatet sind.

Bei Henry waren es genau zwei Stapel Papiere. Einer links, der andere rechts aufgeschichtet. Kam ein Anruf wegen einer Auskunft zu einem der Papiere, suchte Henry zuerst den Stapel durch, in dem er das Papier vermutete. Fand er es dort nicht, durchforstete er den anderen. War es dann gefunden, war die Auskunft erteilt oder die Bearbeitung zugesichert, lag das Blatt erst mal obenauf.

Henrys Devise lautete: Wenn etwas lange genug weit genug unten im Stapel liegt, hat es sich *erledigt durch Liegenlassen*.

Wenn dann der Jahresurlaub bevorstand, wurde aufgeräumt. Damit man einen sauberen Schreibtisch hinterließ.

Bei Henry hieß das, er räumte beide Stapel nebeneinander in das Schränkchen, das sich unter dem Tisch befand und durch zwei Türchen verschlossen wurde. Alle beiden Türchen zu und ab in den Urlaub.

Das Problem begann, wenn während des Urlaubs jemand vom Henry etwas wissen wollte. Dann war Herr Blyantur gefragt. Er war die Urlaubsvertretung.

Also wurden die Stapel aus dem Schränkchen genommen, das Papier gesucht und meist gefunden, die Auskunft erteilt und abschließend die Stapel wieder hinter die Türchen versteckt.

So ging das den ganzen Urlaub hindurch.

Was sich tat, wenn anschließend Herr Blyantur in den Urlaub ging, erfuhr er nie.

Fernseher

Herr Blyantur lag wieder einmal in seiner Lieblingssauna auf der Lieblingsliege. Die Frau auf der Liege gleich daneben las in einer dieser bunten Zeitungen. Herr Blyantur sah, dass es das Fernsehprogramm war, das sie las.

„Na, gucken sie nach, was sie heute noch gucken wollen?", fragte er.

„Die Zeitung ist von voriger Woche. Ich gucke nur nach, was ich versäumt habe."

„Hatten sie keine Zeit?"

„Ich habe keinen Fernseher."

Postkarte

Der Künstler hatte sich, als er erfahren hatte, dass er an Krebs erkrankt war, hingesetzt und siebenundsechzig oder mehr Geschichten aufgeschrieben. In dem Buch, das Herr Blyantur sich ausgeliehen hatte, waren es jedenfalls siebenundsechzig Geschichten, die darin abgedruckt waren.

Alle siebenundsechzig beeindruckten ihn sehr.

Der Buchtitel „Treibsand" ist ja eher nichtssagend, aber der Untertitel „Was es heißt, ein Mensch zu sein" und schlussendlich der Name des Künstlers hatten ihn bewogen, das Buch auszuleihen. Bisher hatte er von diesem Künstler allerdings nur all seine Krimis und die meisten seiner Afrikaromane gelesen.

In diesem geliehenen Buch nun fand er eine Karte aus Pappe in der Größe einer Postkarte.

Sie war gelb-blau quergestreift.

Jemand, der das Buch ausgeliehen hatte oder dem das Buch gehörte, bevor er es der Bibliothek schenkte, hatte die Karte darin vergessen.

Nun ist es ja nicht unbedingt was Besonderes, ein Etwas in einem Buch aus der Leihbibliothek zu finden, das als Lesezeichen gedient hat. Herr Blyantur hatte oft selber irgendwelche Fotos als Lesezeichen.

Aber in die gelben Streifen der Karte ist mit blauem Kugelschreiber ein Text hineingeschrieben.

Er beginnt mit „Liebe Sandra" und es folgt ein kleines Herz, das mit rotem Stift ausgemalt worden ist.

Der Text enthält noch weitere zwei Herzchen der gleichen Art.

Wer mag es wohl gewesen sein, der die Karte mit dem verzierten Text in dem Buch vergessen haben könnte?

War es die Schreiberin der Karte oder die Empfängerin?

Diese Fragen beschäftigten Herrn Blyantur eine geraume Weile. Dass es eine Schreiber*in* war, daran bestand kein Zweifel. Werden doch selten Männer mit „Silvie" benannt. So zumindest lautete die Unterschrift.

Beim Lesen des Buches fand er dann die Antwort. Es war wohl doch die Schreiberin der Karte.

In dem Buch waren nämlich an etlichen Stellen links oder rechts einiger Zeilen kleine rote Striche gesetzt worden. Wohl, um den einen oder anderen Gedanken des Dichters hervorzuheben. Was diese Gedanken nach der Meinung des Herrn Blyantur durchaus verdient hatten.

Die Markiererin hatte den gleichen Stift benutzt, mit dem sie auf der Karte die kleinen Herzchen rot ausgemalt hatte.

Und die „Liebe Sandra" hat die Karte nicht erhalten.

Schade.

Wanderstock

Er war im Elbsandsteingebirge im Urlaub. In einem Ort namens Lichtenhain. Kein Fremder würde diesen Ortsnamen kennen, gäbe es nicht unweit des Ortes im Tale des Flusses Kirnitzsch einen künstlichen Wasserfall. Die meisten Urlauber wissen es aber nicht, dass der Lichtenhainer Wasserfall nach dem Ort oben auf dem Berg benannt ist. Woher auch. Man kann von Bad Schandau an der Elbe aus mit einer Straßenbahn bis zu diesem Wasserfall fahren. Pünktlich eine Viertelstunde nach dem Eintreffen der Straßenbahn öffnet sich die Schleuse und das Wasser stürzt über die Sandsteinfelsen hinunter. Man kann die Strecke von der Haltestelle der Bahn bis zum Wasserfall bequem schaffen, wenn man nicht bummelt. Belichtungszeit und Blende braucht man an den digitalen Kameras nicht mehr einzustellen und so kann die Knipserei losgehen.

Herr Blyantur hatte das Schauspiel mehrfach erlebt. Einmal hatte er den Weg bergan beschritten, um zu sehen, wie viel von dem angestauten Wasser wohl aus dem Speicherbecken abfließt, wenn der Wasserfall das Wasser fallen lässt. Erstaunlicherweise waren es nur geschätzte acht Zentimeter, die sich der Wasserspiegel senkte. Er hatte gedacht, das Becken würde vollkommen leer laufen. In dem Falle falsch gedacht. Nach einigen Minuten schließt sich die Schleuse und der Lichtenhainer Bach hat Gelegenheit, die acht Zentimeter wieder aufzufüllen. Bis zur nächsten Straßenbahn.

Bei einer der Wanderungen durch das Kirnitzschtal fand Herr Blyantur einen Knüppel, der ihm als Wanderstab brauchbar schien. Er nahm ihn mit. Damit aber hatte er ein Problem. Herr Blyantur hatte kein Schnitzmesser. In der nächsten größeren Ortschaft fand er in einem Laden für Wanderausrüstungen und Jagdbedarf ein französisches Messer, dessen Klinge man durch das Drehen eines Ringes arretieren konnte. Damit bearbeitete er nun seinen Knüppel so lange, bis dieser einen schönen abgerundeten glatten Griff hatte. Die Rinde unter dem Griffstück verzierte er mit Zickzackkerben und Schlangenlinien.

Bei einer der nächsten Wanderungen bestaunten während einer Rast zwei ihm fremde Wanderfreunde seinen Stock.

„Wo haben sie den denn her?", fragte einer in unverkennbar süddeutscher Mundart.

„Selber gemacht.", sprach Herr Blyantur.

Und mit einem erstaunten Ausdruck im Gesicht und der Unwissenheit eines Menschen, der niemals den polytechnischen Unterricht genießen durfte, sagte der Wanderbursche: „So was können sie?!"

Bügel

Ob er den Kleiderbügel auch haben könne, hatte der Mann mit der gehäckelten weißen Kappe die Kassiererin gefragt.

Herr Blyantur konnte das hören, auch wenn er hinter dem *Halten-sie-Abstand*-Strich stand.

Der Mann hatte einen ebensolchen Mantel gekauft, wie ihn auch Herr Blyantur über dem Arm trug, nur in einer anderen Größe. Herr Blyantur hatte die Größen aller dieser Mäntel angesehen, bevor er dann doch erst einmal zu den Jacken gegangen war. Inzwischen hatte der Mann, der jetzt an der Kasse stand, sich wohl für einen der Mäntel entschieden. Weil es aber nur jeweils ein Exemplar pro Größe gab, konnte der Mantel des fremden Kappenträgers ja nur von einer anderen Größe sein. Auch war der Mann um einige Zentimeter kleiner, als Herr Blyantur das war.

Als er an der Reihe war, fragte Herr Blyantur die Verkäuferin, was denn mit all den Bügeln geschähe, die ja meist nicht mitverkauft wurden.

Sie würden weggeworfen werden.

Sie an die Lieferanten der Mäntel, Jacken oder Hemden zurückzugeben, wäre teurer, als neue Bügel.

Das Wort dafür ist Marktwirtschaft.

Fahrrad

Es war grün.

Es war nicht der politischen Überzeugung nach grün. Die gab es damals noch nicht.

Es hatte die Farbe grün. Das war aber nicht die originale Farbe. Die konnte man unter der grünen Schicht nicht sehen. Es war grün angepinselt. Und es war gebraucht. Vorher hatte es dem Sohn des Bürgermeisters gehört. Dieser bekam ein neues und Herr Blyantur, der da noch Cutti gerufen wurde, bekam sein abgelegtes zum Geburtstag geschenkt.

Es war sein erstes Fahrrad. Radfahren konnte er da schon. Das hatte er auf dem schwarzen Damenfahrrad seiner Mutter gelernt. Auf den Pedalen stehend, weil er den Sattel nicht erreichen konnte bei seiner Größe, hatte er es sich beigebracht.

Nun hatte Cutti sein eigenes Rad. Es hatte einen Lenker, der wurde damals *Gesundheitslenker* genannt. Heute haben die Hollandräder einen solchen.

Er musste nun nicht mehr zur Schule am Marktplatz laufen, sondern konnte fahren. Nach der Schule fuhr er mit einigen Klassenkameraden zum Mittagessen in die Kantine der Brikettfabrik, von der man heute nur noch das Verwaltungsgebäude und die Waschkaue sehen kann, die ungenutzt in der Gegend herumstehen.

Der Heimweg führte danach durch eine mit Büschen, Birken und kleinen Kiefern bewachsenen Brache.

Den Weg hatten viele Radfahrer, die abkürzen wollten, angelegt. Er umkurvte die Bäume und Büsche und bot eine vorzügliche Rennstrecke.

Cutti war meist der Verlierer bei den Wettfahrten mit seinen Klassenkameraden quer durch diese Wildnis.

Weil er das aber ändern wollte, übte er manchmal heimlich ganz alleine am Nachmittag.

Als er die Strecke dann ziemlich sicher in einer annehmbaren Zeit zurücklegen konnte, ohne zu stürzen oder in den Büschen zu landen, hatte er keine Gegner mehr.

Es waren Schulferien.

Namensschild

Herr Blyantur hatte den Zug gerade noch geschafft. Weil der Busfahrer vergeblich versucht hatte, die Leute mit Vernunftgründen zum Zusammenrücken zu bewegen, hatte der Bus den Bahnhof erst sehr kurz vor der Abfahrtszeit des Zuges erreicht.

Nun also saß Herr Blyantur drinnen in dem Zug Richtung Heimat. Ihm gegenüber ein Ehepaar, das genau wie er die Gartenausstellung besucht hatte. Die Sitzplätze um Herrn Blyantur herum waren sämtlich besetzt.

Schräg gegenüber noch über dem Gang saß ein Mann und wischte mit dem Finger in Abständen über das Gerät, zu dem Herr Blyantur immer Intelligenzhörer sagte, das seine Umwelt aber stets Smartphone benamste.

Herr Blyantur sah den Mann solange an, bis dieser aufmerksam wurde und Blickkontakt aufnahm.

Mit einem Lächeln sprach Herr Blyantur: „Guten Tag, Herr Hoffmann".

„Kennen wir uns?", fragte der Mann verdutzt.

„Nein", erwiderte Herr Blyantur, „aber wenn Hoffmann drauf steht, so ist hoffentlich auch Hoffmann drinnen." Und dabei wies er auf das Namensschild am Hemd des Mannes.

Da riss der Mann das Schild mit einer solchen Vehemenz ab, dass Herr Blyantur Angst hatte, er könne die Hemdtasche auch abreißen.

Rings um Herrn Blyantur lachten die Leute oder schmunzelten zumindest. Und schließlich packte auch den Herrn H. die allgemeine Heiterkeit.

Briketts

Die Fabrik hieß Impuls.

Wenn man damit den Anstoß meint, betont man die zweite Silbe. Meint man aber diese Fabrik, betont jeder, der sie kannte, die Silbe Nummer eins.

Es gibt sie nicht mehr. Wie so viele Fabriken im Lausitzer Revier wurde sie weggerissen.

Zu der Zeit, von der hier berichtet werden soll, wurden dort Briketts hergestellt. Mancher nennt sie auch Presskohlen. Der gemahlene und getrocknete Kohlestaub wurde in mächtigen Pressen zusammengequetscht und ergab ohne Zusatz von Klebstoff ein hartes schwarzes Brikett. Die Pressen in der Fabrik Impuls wurden mit Dampf angetrieben. Deshalb – so behauptete man – waren die Briketts von besonderer Qualität.

Herr Blyantur, der zu dieser Zeit noch Cutti gerufen wurde, hatte Schulferien und wollte sich durch Ferienarbeit etwas Geld verdienen, um sich vielleicht einen Extrawunsch zu erfüllen.

Er fand Arbeit in dieser Brikettfabrik.

Hinter dem Pressenhaus rutschten die Briketts auf elendlangen Strängen, die aus Metallstäben bestanden, ruckweise bis zur Verladestelle.

Unter den Strängen sammelte sich der Abrieb, genannt Kohlengrus, den er beseitigen sollte. Bewaffnet wurde er mit einer Schippe und einer Schubkarre, deren eisernes Rad furchtbar quietschte und das Schieben der Karre zur Tortur machte.

Cutti lud die Karre voll, karrte hin zu der bestimmten Stelle und kippte den Kohlengrus aus. Dann wieder zurück und das Spiel begann von Neuem. So entfernte er nach und nach die angesammelten Grushaufen unter den Brikettsträngen.

Manchmal fand er inmitten des Abriebs solche kleinen vielleicht grade mal zehn oder fünfzehn Zentimeter langen Briketts, die zu besonderen Anlässen in geringer Stückzahl hergestellt worden waren und zum Beispiel an den „Tag der Republik" eines bestimmten Jahres erinnern sollten. Oder an den „Tag des Bergmanns", der in jedem Jahr das Ereignis war, an dem sich die Kumpels so richtig einen „hinter die Binde" gossen.

Herr Blyantur schaute sich diese kleinen Briketts genau an und steckte einige unbeschädigte Exemplare ein.

Wie viele Tage lang Herr Blyantur diese dreckige, schwere und unbefriedigende Arbeit gemacht hatte, das wusste er nicht mehr.

Vom verdienten Geld kaufte er sich ein Sakko.

Die kleinen Briketts hatte er irgendwann später verschenkt an einen Sammler dieser Besonderheit.

Winterkampf

Irgendwie war er in dem Zwischennetzportal, das man mit *DuGlotze* übersetzen kann, auf Seiten gestoßen, die sich mit der Lausitzer Braunkohlentradition befassten. Da sah Herr Blyantur in einem Video, wie die beiden Schornsteine, an deren Bau er während einer Ferienarbeit indirekt beteiligt gewesen war, gesprengt wurden.

War er noch Schüler gewesen oder schon Student. Er wusste es nicht mehr, tendierte aber zu Schüler.

Nur eines weiß er noch, es ging um viel Geld. Was man auch immer in den sechziger Jahren des vorigen Jahrhunderts als Schüler unter „viel Geld" verstanden haben mag.

Bezahlt wurde der Einsatz in den Weihnachtsferien für den sich Herr Blyantur beworben hatte, mit der Lohngruppe 4 für ungelernte Arbeiter. Dazu aber kamen der Schmutzzuschlag, der Feiertagszuschlag und der Zuschlag für die Nachtarbeit. Und man hatte als Schüler keine Abzüge.

Es war Weihnachten, es war Winter und kalt war es zudem auch noch gehörig in dem Jahr.

Die Klappen der Waggons, die mit der klitschenassen Rohbraunkohle aus dem Tagebau in die Brikettfabrik gefahren wurden, mussten beheizt werden, damit die Kohle nicht daran festfror.

Das geschah, indem man in solche stählernen Schubladen in den Klappen Kohleglut und Briketts hinein tat. Mit einem eisernen Haken zog man die Schubladen heraus, schüttelte sie und die Asche fiel heraus. Wenn noch genügend Glut übrig war, legte man nur Briketts darauf. Fiel auch die Glut durch das Rost, musste mit einer kleinen Schaufel Glut aus einem Glutkorb nachgefüllt werden.

Es war eine sehr schmutzige Arbeit. Noch schmutziger wurde sie, weil Herr Blyantur und seine Kumpels die glühende Asche in die Höhe warfen und sich am Funkenregen erfreuten.

Der Umweltschutz war da noch nicht erfunden. Nicht mal als Wort. Das gab es erst seit den Siebzigern.

Er hatte die ältesten Klamotten rausgesucht und angezogen.

In der Zeit zwischen zwei Zügen saßen sie in einer kleinen Bude, in der ein sogenannter Kanonenofen regelrecht glühte.

Am Abend des 1. Weihnachtsfeiertages ging plötzlich die Türe der Bude auf. Zwei Frauen, deren weiße Kittel unter den blauen Wattejacken hervorlugten, erschienen mit zwei großen runden Thermophoren. Sie servierten völlig überraschend jedem der Anwesenden ein halbes Brathähnchen. Für die damalige Zeit war das sehr außergewöhnlich.

Einen Effekt aber hatte diese Aktion.
Herr Blyantur musste seine Stullen ungegessen wieder mit nach Hause nehmen.

Birkenweg

Herr Blyantur war mit dem Regionalzug zu einem Ausflug in seine Vergangenheit aufgebrochen.

Als er das Studium in Potsdam beenden musste wegen konstanter Faulheit, suchte er eine Arbeit. Die konnte er in Potsdam überall finden. Wenn er denn eine Wohnung gehabt hätte. Ein Wohnung konnte er aber – wenn überhaupt – nur kriegen, wenn er eine Arbeit hätte. Ein Teufelskreis.

Das Autowerk hatte Arbeit und einen Wohnheimplatz.

Die Holzbaracken, die das Wohnheim bildeten, hatten die Adresse „Birkengrund Süd".

Das war wohl der Grund, warum er stets dachte, das Mansardenzimmer, das er ein paar Wochen später bei der Frau Franke gemietet hatte, läge im Birkenweg. Ein Irrtum.

Nun also war er dorthin gefahren. Der Birkenweg war eine rechte Seitenstraße der Straße, von der er aber immer nach links abgebogen war, als er dort noch wohnte. Diese linksseits gelegene Straße allerdings hieß Blütenweg. Sollte er tatsächlich dort gewohnt haben?

Er marschierte diese Straße entlang in der Hoffnung, vielleicht das Haus wiederzuerkennen.

Die Baumärkte und Baufirmen, die man seither aber überall fand, hatten den Anblick der Häuser durch neue Dächer, neue Fenster und auch neuen Anstrich erheblich verändert.

Das Haus, an das er sich erinnerte, fand er nicht.

Ein Mann stand auf seinem Hausdach und begutachtete die Dachschindeln. Herr Blyantur stellte sich unten hin und wartete, bis er die Aufmerksamkeit des Mannes erlangen würde.

Mit „Was wollnse denn??" wurde er dann auch begrüßt. Wenn auch ziemlich unfreundlich.

Ob er eine Frau Franke in dieser Straße kennen würde oder gekannt hätte, fragte Herr Blyantur.

Das verneinte der Mann.

Inzwischen war aber auf dem Nachbargrundstück ein Hund der Marke Pudel aufgetaucht, der mit seinem Frauchen Gassi gehen wollte. Diese Frau hatte den Dialog angehört . Sie hätte eine Frau Franke gekannt. Die sei zwar vor etlichen Jahren gestorben, habe aber in dem übernächsten Haus gewohnt.

So hatte Herr Blyantur dann doch noch ein Erfolgserlebnis an diesem Tag.

Und einen Irrtum hatte er außerdem noch ausgeräumt.

Lokomotive

Schuld daran war die Tatsache, dass das Heizhaus nicht rechtzeitig fertig geworden war. Das Hochhaus schon. Als dann der Winter vor der Türe stand, wurde eine Notlösung installiert.

Herr Blyantur sah nur das Ergebnis. Den Weg dorthin reimte er sich zusammen. Aber anders als heute bei manchem Flughafen oder Bahnhof oder Opernhaus war damals eine schnelle Lösung gefunden worden. Wenn auch eine Notlösung.

Man hatte - wie, das wusste Herr Blyantur nicht - eine Dampflokomotive der Baureihe 52 auf ein Stück Gleis vor das Hochhaus gestellt, die Heizungsrohre des Hauses daran angeschlossen und beheizte damit das Hochhaus.

Wie lange diese Lok das Haus beheizte, wusste Herr Blyantur nicht, denn im nächsten Winter wohnte er schon nicht mehr dort.

Herr Blyantur dachte aber bei sich, dass er froh war, nicht der Heizer gewesen zu sein.

Komparse

Eigentlich wollte Herr Blyantur nur zum Wochenmarkt fahren. Das Wort *eigentlich* betonte er aus irgendwelchen unerfindlichen Gründen immer auf der Silbe -gent-.

Er stand also an der Bushaltestelle, um mit dem Bus die sechs Stationen bis zum Wochenmarkt zu fahren.

Von der gegenüberliegenden Straßenseite her kam ein Mann herüber, dessen heller Strohhut etwas Sommer zu versprechen schien. Das war für Herrn Blyantur der Aufhänger, um den ihm völlig fremden Menschen anzusprechen.

„Sie wollen wohl die Sonne herbeilocken", sprach er.

„Ich hab schon überlegt, angesichts der momentanen Temperaturen den Winterhut aufzusetzen", sagte der Mann.

Weil nun Herr Blyantur ein neugieriger Mensch ist, versuchte er mit der Bemerkung: „Sie sehen ein wenig aus, wie ein Künstler", das Gespräch im Gange zu halten.

„Dieses Wort mag ich gar nicht", sagte der Mann.

Warum er es nicht mochte, sagte er aber nicht.

Nachdem er Herrn Blyantur kundgetan hatte, dass er Regisseur am Theater gewesen sei, ergab das weitere Gespräch, dass er genau an dem Theater Regie geführt hatte, an dem Herr Blyantur vor langer Zeit während der Schulzeit als Komparse – Herr Blyantur sagte „als Volk" - tätig war.

Und das kam so:

Der Musikdirektor des Theaterorchesters hatte ein Vorspiel komponiert zu Shakespeares „Komödie der Irrungen". Eine Marktszene sollte die Zuschauer auf das folgende Lustspiel einstimmen. Dafür wurden zwei sich prügelnde Matrosen gesucht.

Herr Blyantur war in seiner Freizeit ein angehender Judoka und wurde von seinem Trainer Tristan gefragt, ob er Lust hätte, in einem Theaterstück mitzuspielen. Natürlich hatte er Lust.

Und so trainierte er mit seinem Kumpel Olaf unter der Anleitung von Tristan die Marktszene mit den prügelnden Matrosen ein. In dieser Szene spielten solche Begriffe wie Seoi-nage, ein Schulterwurf und Tomoe-nage, ein Rückfallwurf sowie ein Gummimesser eine Rolle.

Herr Blyantur wusste noch, dass es eine ziemlich schmerzhafte Sache war, in hohem Bogen durch die Luft zu fliegen und dann auf den Bühnenboden zu krachen. Wobei die Luftfahrt so schmerzhaft nicht war. Die Landung dann schon eher.

Komischerweise erinnerte sich Herr Blyantur nicht daran, wie den Zuschauern die Prügelei gefallen haben könnte.

Der Mann an der Bushaltestelle aber konnte sich zu Herrn Blyanturs Erstaunen an diese Szene erinnern.

In der nächsten Inszenierung – er handelte sich um Shakespeares *Romeo und Julia* – passierte es in einer Vorstellung, dass während einer Fechtszene zwischen den verfeindeten Familien der Capulets und der Montagues einem Fechter der Degen genau am Knauf zerbrach und die Teile mit Getöse auf die Bühne fielen.

Das erzählte Herr Blyantur dem Mann an der Haltestelle.

„Das war mein Degen", sprach dieser schmunzelnd.

Zwei solcher Zufälle, die Herrn Blyantur an eine schöne Zeit in seiner Jugend erinnerten, erfüllten ihn mit einem Hochgefühl, das auch nach dem Wochenmarktbesuch bis in die Abendstunden hinein anhielt.

Gedichte

Wenn er so zurückdachte, hatte Herr Blyantur schon immer –
mit gewissen Abständen – ein Faible für Gedichte.

Das erste Gedicht brachte ihm seine Omi bei. Da war er vielleicht vier oder fünf Jahre alt. Er sagte es vor dem Schlafengehen
im Kinderbettchen auf:

> Ich bin klein, mein Herz ist rein.
> Soll niemand drin wohnen,
> als Jesus allein.

Später lernte er davon eine witzige Variante kennen:

> Ich bin klein, mein Herz ist rein.
> Mein Po ist schmutzig.
> Ist das nicht putzig?

Irgendwann während der Schuljahre stand der große Dichter
Friedrich Schiller auf dem Lehrplan. Herr Blyantur wusste noch,
er musste „Der Handschuh" auswendig lernen.

> Vor seinem Löwengarten,
> Das Kampfspiel zu erwarten
> Saß König Franz.
> Und um ihn die Großen der Krone.
> Und rings auf hohem Balkone,
> Die Damen in schönem Kranz.....

Bei seinem Vortrag ahmte er die Art des Lehrers nach. Herr
Blyantur bekam eine Eins und sagte fortan nie mehr Gedichte
auf.

Er trug sie vor.

Einmal – er hieß noch Cutti - begleitete er seinen Freund Peter zu einem Wettbewerb der *Jungen Talente* in die Kreisstadt. Peter wollte ein Schlagerlied singen. Er sang es auch.

Cutti wurde gefragt, was er vortragen wolle. Man setzte stillschweigend voraus, dass er nicht als Begleiter gekommen war, sondern als ein Bewerber.

Er konnte grade ein Gedicht vom Erich Kästner namens „Atmosphärische Konflikte" auswendig.

Die Bäume schielen nach dem Wetter.
Sie prüfen es. Dann murmeln sie:
"Man weiß in diesem Jahre nie,
ob nun raus mit die Blätter
oder rin mit die Blätter oder wie?" ....

Das trug er also vor und wurde in die Bezirkshauptstadt delegiert zum Bezirksausscheid. Wohl auch, weil sonst kein Rezitator am Start war. Also fuhr er hin. Peter war nicht dabei, denn Schlagerliedchen wurden von zu vielen Talenten gesungen, da hatte er nicht gewinnen können.

Bei diesem Bezirksausscheid tauchte ein Schauspieler aus dem Stadttheater auf. Er sollte die Teilnehmer – also auch Cutti – beraten.

Welches Gedicht er sich ausgesucht hatte, wusste er nicht mehr. Der Schauspieler meinte, man müsse das Gedicht spielen. Mit großen Gesten und Pathos. Cutti tat, wie ihm geheißen.

Es gewann ein Mädchen diesen Wettbewerb, die einfach nur da stand und ihr Gedicht sprach.

Soweit zum Thema „Berater".

Vielleicht wäre er damals ohne diesen bei der Fernsehsendung „Herzklopfen kostenlos" vom Heinz Quermann gelandet und würde heute ein berühmter Rezitator sein.

Das Studententheater - genannt „Studentenbühne" - gestaltete einmal ein Lyrikprogramm. Dort war ein Gedicht von Jewgenij Jewtuschenko sein Part. Bekannt ist vom Jewtuschenko die Gedichtzeile „Meinst du, die Russen wollen Krieg?"

Cutti sagte ein andres Gedicht auf.

Der Titel ist die erste Zeile.

> Als dein Gesicht vor mir sich hob
> und aufging über meinem Leben,
> begriff ich erst: Erbärmlich arm
> war ich. Nichts konnte ich dir geben....

Es folgen noch sechzehn weitere Zeilen.

Michael Lermontow, ein russischer Dichter, vergleichbar unserem Goethe, hatte 1832 ein Gedicht verfasst mit dem Titel „парус", zu deutsch „Segel". Irgendwann einmal hatte Cutti das auswendig gelernt in der Originalsprache.

Hier ist der Anfang ins Deutsche übersetzt:

> Einsam glänzt ein weißes Segel
> In des Meeres blauem Nebel! …

Als Herr Blyantur in der Stadt wohnte, in der die Lastkraftwagen der DDR hergestellt wurden, war er im Kulturhaus der Stadt in einem Kulturensemble, das einmal in Wünsdorf bei der dortigen sowjetischen Garnison auftrat.

Zur Freude von über tausend Soldaten sprach er das Lermontow'sche Gedicht in russischer Sprache. Der Saal tobte. Noch mehr tobte aber der Saal, als die Ansagerin die Schlagerzeile „Küsse nie nach Mitternacht, Josephine" ins Russische übersetzte.

Beim anschließenden Bankett trank Cutti soviel Wodka, dass er danach nicht wusste, wie er nach Hause gelangt war.

In dieser Zeit des Sturm und Drangs schrieb er selber auch Gedichte. So genannte freie Lyrik. Reimte sich nicht, hatte aber

Rhythmus. Er schrieb den Namen der jeweils Angebeteten von oben nach unten hin und machte aus jedem Buchstaben eine Zeile.

Diese „Werke" sind ins Nirvana entschwunden.

Vor einigen Monaten dichtete er dann:

Ich schreib ein Lied aus Stille.
Ich schreib's nicht auf Papier,
ich schreib es in die Wolken...

Kurz darauf kaufte er in einem Antiquariat ein *Poesiealbum*. Das war einst eine beliebte Veröffentlichungsmöglichkeit für junge Autoren in der DDR. Es war die Nummer 149, ein schmales Bändchen, mit Gedichten von Eva Strittmatter und es kostete einmal 90 Pfennig der DDR-Währung. Enthalten sind darin einundvierzig ihrer frühen Gedichte.

Und da las er erstaunt:

Ich mach ein Lied aus Stille
Und aus Septemberlicht.
Das Schweigen einer Grille
Geht ein in mein Gedicht.

Da war er geschockt. Am Boden zerstört.

Wieso war ihm die fast gleiche erste Zeile eingefallen?

War das ein Zufall? War es was Überirdisches? Etwas Esoterisches?

Keines von alle dem.

Das stellte er erleichtert fest, als er das Buch „Leib und Leben" über Eva Strittmatter wieder einmal in die Hand nahm. Auf Seite 107 ist das Gedicht „Vor einem Winter" abgedruckt mit dieser ersten Strophe und das hatte er gelesen.

Damit ihn nicht das Schicksal eines gewissen plagiierenden Doktors ereilt, hatte er sein Gedicht weggeworfen.

Doch dieses Ereignis führte dann schließlich dazu, dass er sich etliche Gedichtbücher von Eva Strittmatter gekauft hatte.

In denen liest er jetzt gerne vor dem Einschlafen.
Manche Gedichte lernt er auswendig.

Das Beispiel, das ich anführen wollte, kann ich nicht geben, denn das Zitieren eines ganzen Gedichtes kostet etliche Euronen.

Schummerstunde

Er hatte dann im Bett mit dem Lesekissen unter dem Kopf noch einmal das Buch *Wildbirnenbaum* seiner Lieblingslyrikerin Eva genommen, um das Gedicht zu finden, das diesem Buch den Titel gab. Im Inhaltsverzeichnis wurde er nicht fündig.

So blätterte Herr Blyantur also Seite für Seite um, las alle Gedichte kurz an und fand auf der Seite 106 das Gedicht *Erinnern*. Sie erinnert sich an eine Reise nach Tblissi. Von Georgien handeln etliche ihrer Gedichte, denn sie liebte dieses Land und wurde in diesem Land damals auch sehr geliebt.

Wenigstens von einem Menschen.

In diesem Gedicht also kommt das Wort *Wildbirnenbaum* vor.

Unterwegs dorthin begegnete ihm eine andere Gedichtzeile: *Schneestille. Dunkelstunde* .

Mit dem Wort *Dunkelstunde* assoziierte er etwas.

Er versuchte es, aber es gelang gerade nicht.

Er wollte ein Gefühl herstellen, an das er sich zu erinnern glaubte. Ein Gefühl von innerer Ruhe.

Wenn er - da hieß er noch Curtchen - bei den Großeltern in dem Haus am Ende der Straße war, kam es vor, dass der Opa am

Abend das Licht löschte. Ein Relikt aus der Nachkriegszeit, da regelmäßige sogenannte Stromsperren das ohnehin taten.

Das Licht löschen.

Dann herrschte völlige Dunkelheit bis auf das rote Glimmen aus dem Feuerloch des Küchenherdes. Man saß da und tat nichts. Man saß nur da. Eventuell erzählte die Oma eine Geschichte aus ihrer Mädchenzeit. Herr Blyantur konnte sich an all diese Geschichten noch erinnern, hatte die Oma sie doch immer mal wieder erzählt.

Opa rauchte eine Pfeife mit einem selbst hergestellten Gemisch zweier Tabaksorten. Die eine schmeckte und die andre war billig. So streckte er den Genuss der einen Sorte.

Nach einer gefühlten Stunde dann wurde das Licht wieder angeschaltet und der Zauber der Schummerstunde verflog.

Meist musste Curtchen dann ins Bett.

Herr Blyantur tat das auch jetzt noch ab und an. Einfach dasitzen und nichts tun.

Und er fand das erholsam.

Manches Mal ertappte er sich aber heute selbst dabei, dass auch er Geschichten mehrmals erzählte.

Eule

Herr Blyantur hatte damals erst seit Kurzem in diesem Städtchen gewohnt. Im Blütenweg bei der Frau Franke. Bei einem Besuch der Post – vielleicht, um Briefmarken zu kaufen – fragte er spaßeshalber nach einem Abonnement für die Zeitschrift „Eulenspiegel". Das war ein Wochenblatt, das sich der Satire und dem Humor verschrieben hatte und eigentlich nur als „Bückmichware" von unterm Ladentisch zu erhalten war. Vielleicht war grade ein Abonnent der „Eule" weggezogen oder verstorben, Herr Blyantur konnte jedenfalls die Zeitschrift bestellen. Und schon bekam er sie immer donnerstags, obwohl sie am Kiosk schon montags oder dienstags zu sehen war.

Das veranlasste ihn, dem Postzeitungsvertrieb, dem die Zustellung oblag, eine Karte zu schreiben. Weil es die Vorweihnachtszeit war, nahm er eine Weihnachtskarte. Er nahm aber nicht irgendeine, sondern eine lustige grafische. Abgebildet war ein Bus mit lauter Weihnachtsmännern innen drinnen. Hinterher lief noch ein Weihnachtsmann, der sich wohl verspätet hatte. An den Bus schrieb Herr Blyantur „PZV" für Postzeitungsvertrieb, an den Sack des hinterherlaufenden Gesellen „Eule-Zusteller". Hinten drauf schrieb er die üblichen Weihnachtsgrüße und schickte sie an die Eulenspiegelredaktion.

Er war schon einige Zeit aus der Stadt weggezogen und fuhr nur noch einmal monatlich hin, um die Miete für das Mansardenstübchen zu bezahlen, da übergab ihm die Hauswirtin eine Karte, auf der stand, er solle sich doch bitte bei der Post melden. Das tat er auch. Er wurde in die hinteren Räume zur Leiterin der Postfiliale geführt. Die zeigte ihm seine Weihnachtskarte. Inzwischen aber hatte der Frühling schon kräftig zugeschlagen.

An seine Karte waren allerdings etliche Schreiben geheftet, die Herr Blyantur nun lesen konnte. Die Eulenspiegelredaktion hatte seine Karte als eine Eingabe – heute sagt man Beschwerde oder Petition - betrachtet und an das Postministerium weitergeleitet. Unter dem machte man es in dieser Redaktion nicht. Von dort landete die Karte, versehen mit einem weiteren Schreiben bei der Bezirkspostdirektion, die es mit noch einem Schreiben an die Kreispostdirektion sandte. Diese wollte nun von der armen Frau und Leiterin der Postfiliale des Städtchen wissen, was da los sei. Man solle die Sache gefälligst mit dem Bürger – damit war Herr Blyantur gemeint – klären. Da saß er nun und schaute in die traurigen Augen der Frau Leiterin. Sie könne doch nicht dafür, dass die Zeitschrift so spät zugestellt würde, weil sie doch erst am Mittwoch bei ihr ankäme, erklärte sie.

Nun hatte aber Herr Blyantur diese inzwischen abbestellt, weil er sie in der Stadt, in der er inzwischen wohnte, an einem Kiosk, den eine Hausmitbewohnerin betrieb, montags kaufen konnte.

So war dann mit dem Gespräch der Sache Genüge getan. Die Leiterin schaute jedenfalls einigermaßen erleichtert drein. Ihr Bericht würde nun die Behördenleiter aufwärts nehmen und schließlich vielleicht den Postminister erreichen.

Und Herr Blyantur hatte erlebt, dass kleine Dinge wie eine Weihnachtskarte große Wirkungen haben konnten.

Wenigstens bürokratische.

App

Das Pärchen hatte sich auf die zwei leeren Plätze gegenüber von Herrn Blyantur gesetzt. Sie waren miteinander verheiratet. Das verrieten die gleichartigen Ringe, die sie an den danach benannten Fingern der rechten Hand trugen. Aber sie schienen noch nicht allzu lange verheiratet zu sein, denn sie hielten sich bei den Händen und streichelten sich ab und an. Beim Reden blickten sie sich in die Augen.

Das sieht man auch nicht alle Tage, dachte Herr Blyantur ein wenig neidisch.

Der junge Mann hatte sich vielleicht zwei Tage lang nicht rasiert. Das fiel Herrn Blyantur auf, als er sah, wie sie ihm sachte mit dem Handrücken über die Bartstoppeln strich.

Als sie sich dann irgendwas auf seinem Smartphone ansahen, hatte Herr Blyantur eine seiner Blitzideen.

Gerade wollte er diese kundtun, da erreichte der Zug einen Bahnhof und die beiden stiegen aus.

Sehr schade, dachte sich Herr Blyantur.

Dabei hatte er den jungen Mann nur eines fragen wollen: *Warum laden sie sich nicht eine Rasierapparat-App runter?*

Eiskalt

Der Junge saß da auf seinem Stuhl. Er hatte mit den Händen die Stuhlkante neben den Knien umfasst und die Stirne auf die Tischkante gelegt. Er ließ die Beine wie im Takt abwechselnd vor und zurück baumeln. Er war noch so klein, dass das ohne Probleme ging, denn bis zum Boden fehlte noch ein gehöriges Stück. Und er schaute einfach nur auf seine baumelnden Beine.

Neben dem Jungen an der angrenzenden Tischkante saß eine ältere Frau, von der Herr Blyantur annahm, es könnte die Oma sein.

Ein Mann, der der Generation der Frau anzugehören schien, kam mit einer spitzen Eiswaffel an den Tisch. Er hielt die Waffel so, wie die erzgebirgischen Weihnachtsengelfiguren die Kerzen halten. Oben auf der Waffeltüte saß eine rosa Eiskugel.

Der Mann gab der Frau die Eiswaffel, wischte mit der Hand zweimal über die Sitzfläche des benachbarten Stuhles und setzte sich hin. Die Frau wiederum stupste den Jungen an, der daraufhin den Kopf hob. An der Stirne war ein roter Streifen zu sehen. Der Abdruck der Tischkante.

Der Junge nahm die Eistüte und begann ganz konzentriert am Eis zu lecken. Ab und an betrachtete er die rundgeleckte Kugel, die immer kleiner und runder wurde. Fast sah es aus, als verrichte er eine anstrengende Arbeit.

Er hatte gerade die trockene Spitze der Eistüte in den Mund gesteckt, da war der Mann schon aufgestanden. Die Frau nahm die Hand des Jungen, zerrte ihn regelrecht vom Stuhl und alle drei marschierten zum Ausgang des Biergartens.

Da wusste es Herr Blyantur mit einem Mal.

Sie nicht und er nicht und auch nicht das Kind, keiner der drei hatte auch nur ein einziges Mal gelächelt.

Herr Blyantur dachte sich, dass es nicht schaden könnte, wenn er heute noch irgendwem ein Lächeln entlocken würde.

Eine Angestellte kam an den Tisch und fragte, ob sie das leere Bierglas mitnehmen könne. Herr Blyantur wollte grade mit „Schöne Schuhe" ein Kompliment versuchen, da sah er, dass die Frau nur solche Clogs aus pinker Plaste anhatte.

So versuchte er es denn mit „Schicke Frisur".

Und er hatte Erfolg. Sie lächelte.

Knöpfe

Herr Blyantur saß im Garten unter dem Zeltdach seines Pavillon LIVORNO und tat das, was er in letzter Zeit sehr häufig und sehr gerne tat. Nichts.

Wenn er den Staren zusah, die auf der Wiese – er hatte keinen Rasen – nach irgendwas Fressbarem suchten, dann kam ihm ein komischer Gedanke. Wie wäre es wohl, ein Star zu sein. Dann könnte er verstehen, worüber sich die Starenmännchen auf seiner Wiese unterhielten.

Wie er so vor sich hindämmerte, sein Hemd mal auf- und mal zuknöpfte, sinnierte er, wie es wohl wäre, wenn er Knöpfe erfunden hätte mit drei Knopflöchern anstatt mit zweien oder vieren.

Er würde eine Knopfmanufaktur eröffnen, fünfzehn Leute einstellen und irgendwann einmal reich werden. Gerade als er anfing, zu überlegen, was man mit dem eingesparten beziehungsweise überzähligen Loch anstellen könne, ertönte ein fröhliches „Guten Tag, Herr Nachbar" über den nicht vorhandenen aber gedachten Gartenzaun. Herr Blyantur wurde aus seinen Grübeleien gerissen, was aber so schlimm nicht war.

Das Knopfproblem beschäftigte ihn aber noch abends, als er an seinem Rechner saß. Und da fand er es dann.

Ein gewisser Heinrich van Laack hatte in den 30er Jahren des vorigen Jahrhunderts einen Drei-Loch-Knopf erfunden. Achtzig Jahre vor ihm.

Herr Blyantur würde dann wohl doch nicht reich werden.

Pixel

Herr Blyantur hatte die hölzerne Brücke gesehen.

Er holte den Fotoapparat aus dem Rucksack, blickte durch den Sucher, trat drei Schritte zurück und drückte auf den Auslöser. In dem Moment, als der Apparat ausrechnete. welche Blende und Belichtungszeit wohl angemessen wäre und welche Entfernung er wählen sollte, kam ein Mann mit Hund um die Ecke gebogen. Zuerst kam der Hund. Der Mann hing hinten dran.

Beide waren nun auf dem Foto verewigt.

Deswegen sprach er den Mann an. Herr Blyantur erfuhr von ihm, dass sich unter der Brücke die Stelle befand, an der sich die Holzstämme früher sammelten, die aus den Bergen ringsum den

Fluss hinunter geflößt worden waren. Sie dienten vor langer Zeit einmal den Salzsiedern des Ortes als Brennholz. Die aus der Tiefe der Erde gepumpte Salzsole war in riesigen Blechschüsseln erhitzt worden, solange, bis alles Wasser verdunstet war und nur noch das Salz übrig blieb.

Das passiert heute noch nach genau diesem Prinzip, nur wird heute kein Brennholz mehr verfeuert. Und deshalb auch keines mehr geflößt.

Herr Blyantur versicherte dem Manne zum Abschied noch, er würde vor der Veröffentlichung des Fotos das Gesicht verpixeln.

Das vom Hund.

Addition

Weil es der letzte Urlaubstag vor der langen Heimreise war, ging Herr Blyantur noch einmal wandern. Am Vortag war es nass gewesen vom Regen und er hatte sich deshalb in der Sauna erholt, die nach einem heiligen Mann benannt ist, der vor hunderten von Jahren die Solequellen entdeckt haben soll, die den Ruhm der Stadt am Rande der Alpen ausmachen. Sein Weg in den Nachbarort führte am Rande des Waldes, der die Hügel des Högl bedeckt, entlang. Von links, den Hang hinab fließen überall dort, wo das Gelände es erlaubt, kleine Rinnsale. Wegen des ungemütlichen Regenwetters, der letzten Tage sind sie ziemlich gefüllt und flink unterwegs. Den Wanderweg unterqueren sie in Betonröhren, die gerade noch dick genug sind, um die Wassermassen zu verkraften. An einer Stelle, wo man das Rinnsal schon Bach nennen kann, macht sich eine hölzerne Brücke nötig.

Auf einem Holzplatz jenseits der Brücke, auf dem drei Männer mittels roher Maschinenkraft aus Holzstammstücken handliche

Kaminscheite herstellten, blieb Herr Blyantur für eine Weile stehen, sah den Männern beim Arbeiten zu und setzte seinen Weg dem Bachlauf folgend fort. Der Bach fließt mit all den Wässern der vielen Rinnsale und Bächlein aus den Bergwäldern dem Flüsschen Ache zu.

So addieren sich all diese Wässer schließlich zur Saalach, um dann in der Salzach zu landen.

Und so helfen die Waldrinnsale des Högl schließlich über den langen Weg durch Inn und Donau, das große Schwarze Meer zu füllen.

Herr Blyantur wandte seine Schritte allerdings dem nächsten Gasthaus zu. Und dort füllte er seinen Magen mit einem vorzüglichen Schweinsbraten mit Klößen.

Ein schönes Urlaubsende immerhin.

Teil 4:
Geschichten aus der Reservedatei

Schale

Seine Mutter konnte es.

Auch seine Oma, die Mutter seiner Mutter, konnte es.

Er saß jedes Mal, wenn es ihm in seinen Kinderjahren vorgeführt wurde, ungläubig und mit offenem Mund daneben und konnte es nicht fassen.

Später versuchte er es manchmal selber, aber er bekam es nicht hin.

Dann vergaß er es für lange Zeit.

Nun aber war es ihm wieder in den Sinn gekommen. Er versuchte es abermals, aber auch nun gelang es nicht. Vielleicht war er zu ungeschickt oder zu ungeduldig, es klappte wenigstens nicht. Oder gewissermaßen nur teilweise.

Er schaffte es nicht, eine Kartoffel so zu schälen, so dass die Schale ein langes dünnes Band bildete und in einem Stück zusammenblieb, bis die gesamte Kartoffel geschält war. So wie es Oma und Mutter gekonnt hatten.

Und er probierte es oft. Bei einem Apfel war es ihm mal gelungen. Daran konnte er sich erinnern. Vielleicht waren die Kartoffeln heute so gezüchtet, dass es gar nicht klappen *konnte*. Oder es ist die Chemie, die auf die Felder gestreut wird, daran Schuld.

Doch dieses Argument traf nicht zu, denn auch mit seinen selbstgezogenen chemiefreien Kartoffeln aus dem Kleingarten schaffte er es nicht. Er überlegte, warum die beiden Frauen es taten. Vielleicht wussten sie damals schon, dass dicht unter der Schale die meisten Nährstoffe sitzen. Oder sie wollten ihn mit ihrer Fähigkeit beeindrucken.

Doch das war es beides nicht.

Sie wollten soviel Kartoffel wie möglich im Topf haben und so wenig wie möglich Kartoffelschale wegwerfen.

Nicht Kunst oder Kunstfertigkeit waren der Antrieb für ihr Tun.

Sondern einfach die Tatsache, dass sie arme Leute waren.

Rucksack

Er hatte nur einen Tetrapack Bio-Milch, zwei Stücke Butter und eine Literflasche Orangensaft. Der Mann, der vor Herrn Blyantur an der Kasse stand, hatte 35 Päckchen *Filinchen* in seinen Einkaufswagen gepackt. Nur hatte Herr Blyantur sie beileibe nicht gezählt. Er hörte nur, wie die Kassiererin den Mann fragte: „Fünfunddreißig?", worauf dieser mit einem eifrigen Nicken die Bestätigung gab.

Herr Blyantur erinnerte sich, dass es früher einmal einen feststehenden Begriff gab, wenn jemand viel mehr einkaufte oder zusammenraffte, als er brauchte.

Er hieß noch Curtchen und war vielleicht drei oder vier Jahre alt. Oma hatte ihm einen Rucksack genäht aus irgendeinem graugrünen Tuch. Es war nur ein viereckiger Beutel, dessen oberes offenes Ende mit einer Schnure zugebunden werden konnte. Die Schulterriemen waren angenähte schmale Stoffbänder. Es wurde Rucksack genannt und gehörte ihm ganz alleine.

Mit diesem Schmuckstück auf dem Rücken ging er mit der Oma „in die Stadt".

Das Grundstück der Großeltern war das letzte an dem Ende der Dorfstraße, die weiter durch die Felder zum Nachbardorf führte. Den Namen Dorfstraße hatte sie dann aber nicht mehr. Curtchen und Oma gingen durch die Türe, die in das Hoftor eingebaut worden war. Zuerst mussten sie im Gänsemarsch gehen, denn der Fußweg neben der Kopfsteinpflasterstraße war sehr schmal. An der Friedenseiche mit dem Gedenkstein für die Opfer eines Krieges wurde es dann ein breiterer Fußweg und Curtchen ging neben der Oma. Damals wusste er aber nicht, dass die Eiche Friedenseiche hieß. Für ihn war es nur ein sehr großer Baum.

Vorbei am Gasthof „Drei Linden" und dem rotbraunen Klinkerziegelbau der Feuerwehr ging es zum anderen Ende des Dorfes. Links gab es noch einen „Tante-Emma-Laden". Das Dorfende wurde markiert vom Salzgraben, der – unsichtbar für Curtchen und auch für die Oma - durch ein dickes Rohr unter der Straße hindurchfloss, wenn er denn Wasser führte.

Nun ging es an den Häusern der Stadtrandsiedlung und an einer Bäckerei vorbei, in der die Oma aber niemals einkaufte, weil sie der Bäckerei in der Stadt die Treue hielt, in der ihr Sohn, Curtchens Onkel also, den Bäckerberuf erlernt hatte. Schließlich kamen sie zu der scharfen Linkskurve, die die Straße machte, um danach in großem Bogen in das Stadtinnere zu führen. Oma und Curtchen gingen aber geradeaus weiter auf die schmale hölzerne Elsterbrücke zu, um danach dann durch den Schlosspark „in die Stadt" zu kommen. Kurz vor der Brücke traf die Oma aber eine Bekannte. Beide begannen ein Schwätzchen.

Curtchen langweilte sich. Plötzlich fragte ihn Omas Bekannte: „Na, Curtchen, wo gehste denn mit Oma hin?"

Und da sagte Curtchen das Wort, dass ihm Opa für diese Frage beigebracht hatte.

Wie aus der Pistole geschossen kam die Antwort: „Hamstern!"

Aschenbecher

Als er am späten Abend ausgestiegen war aus dem Bus, überkam ihn der Appetit auf ein Bier. Zum Glück gab es direkt an der Haltestelle eine Kneipe. Da hinein ging Herr Blyantur. Er war der zweite Gast. Wenn man den Wirt nicht mitrechnete, der sein eigener Gast war. Die Kneipe war eine Raucherkneipe. Dieses Laster hatte sich Herr Blyantur schon vor etlichen Jahren abgewöhnt.

Auch als er ihm noch frönte, gab es Phasen, in denen er nicht rauchte. Die längste dauerte einmal sieben Jahre. Danach rauchte er wieder, aber noch mehr als zuvor.

Während der Studentenzeit wohnte er in einer ehemaligen Villa, die als Studentenwohnheim diente und in einer der Villengegenden Babelsbergs lag.

Das Stübchen unterm Dach war nicht an die Heizungsanlage angeschlossen, mit der die Zimmer im Erdgeschoss und im Obergeschoss beheizt wurden. Herr Blyantur musste also Kohlen schleppen, wollte er es im Winter warm haben. Dafür konnte er es sich so warm machen, wie er wollte, während die anderen Bewohner der Gnade des Heizers ausgeliefert waren.

Sein Freund wurde nur Reporter genannt, weil er Artikel für die Zeitung schrieb. Eines schönen Tages kam er auf die Idee, mit dem Rauchen aufzuhören. Er bekniete Herrn Blyantur, es ihm gleich zu tun. Schließlich einigten sie sich, das Laster abzulegen. Das ging damals natürlich nicht ohne einen Vertrag. Der Reporter besaß eine Schreibmaschine. Er spannte hinter das weiße Blatt Papier zwei Durchschlagpapierblätter mit zwei Kohlepapierblättern dazwischen. So musste man das machen, was man heute mit der Angabe „3" für den Drucker erledigt. Sie setzten einen Vertrag auf, der jeden von ihnen verpflichtete, das Rauchen aufzugeben, es auch nicht etwa heimlich zu tun und auch dann nicht wieder anzufangen, wenn der andere den Vertrag brach. Als Strafe wurde „ein Kasten Bier und eine Flasche Schnaps" eingesetzt. Als Zeuge wurde der absolute Nichtraucher Siggi gewonnen. Alle drei unterschrieben den Vertrag und jeder bekam ein Exemplar. Beginn der Aktion war Mitternacht des Unterzeichnungstages. Eine Viertelstunde vorher tauchte der Reporter bei Herrn Blyantur in Stübchen unterm Dach auf, um die letzte Zigarette zu rauchen. Beide nutzten sie diese letzten Minuten ihres Raucherdaseins und qualmten, dass die Bude blau war.

Punkt Mitternacht wurden die letzten übriggebliebenen Zigaretten samt Packung, und die Tabakpfeifen, die beide besaßen, in den Ofen geworfen und verbrannten dort. Herr Blyantur tat ein Übriges und feuerte den Aschenbecher aus dem Fenster weit in ein Gebüsch hinein.

Eine Woche darauf einigten sich beide, der Reporter und Herr Blyantur, den Vertrag aufzulösen. Siggi wurde nicht gefragt. Sie teilten sich die Kosten für die Flasche Schnaps und den Kasten Bier, kauften sich Zigaretten und feierten den erneuten Beginn ihres Raucherlebens. Zuvor kroch Herr Blyantur aber noch ins Gebüsch, um den Aschenbecher zu bergen.

Erst dreißig Jahre später würde er es schaffen, das Laster endgültig abzulegen.

Badehose

Es war schon den dritten oder vierten Tag fast unerträglich heiß. Herr Blyantur saß auf einem seiner neuen Gartenstühle der Marke „Mexiko". Er dachte sich, dass das wohl symptomatisch wäre, auf einem Stuhl dieses Namens zu sitzen und mittelamerikanische Temperaturen aushalten zu müssen. Im Blickfeld hatte er die Gartendusche, die auf der langsam vor sich hintrocknenden Wiese stand. Er dachte über eine Abkühlung unter der Dusche nach.

Dann suchte er eine Badehose. Splitternackt wollte er sich den Gartennachbarn dann doch nicht präsentieren.

Er fand zwei Badehosen. Eine der beiden weckte Erinnerungen. Sie war hellblau und hatte an den Seiten weiße Streifen mit blauen stilisierten Tauben darauf. Sie war uralt. Und sie hatte alle Wendungen in seinem Lebenslauf mitgemacht sowie auch alle dazugehörenden Umzüge, ohne verloren gegangen zu sein.

Einmal hatte Herr Blyantur in dem verlorenen Land einen Ferienplatz ergattert „bei den Tschechen". In einer Baude mitten im tschechischen Teil des Erzgebirges hatte er Quartier bezogen.

Von dort aus fuhr er an einem warmen sonnigen Tag die vierundfünfzig Kurven aufweisende Straße hinunter in eine Stadt an der Elbe, dort, wo der Fluss noch Labe heißt.

Dort gab es eine Badeanstalt. Kurz vor dem Erreichen des Zieles durchschoss es ihn siedend heiß. Er hatte die Badehose vergessen. An der Ostsee wäre das nicht weiter schlimm gewesen, da wäre er an den FKK-Strand gefahren. Hier aber in dem Land, das keine einzige Grenze hatte mit irgendeinem Meer, war das fatal. Zum Glück lag ein Warenhaus am Wege. Herr Blyantur suchte und fand einen Parkplatz und ging in das Warenhaus hinein. Mit dem Scharfsinn, der einem Sherlock Holmes zur Ehre gereicht hätte, erkannte er in dem Begriff „sportovni odděleni" die Sportwarenabteilung und fuhr mit einer Rolltreppe in das oberste Stockwerk. Die Verkäuferin erkannte an seinen Gesten, wonach er suchte und präsentierte eine Auswahl von Badehosen. Er sucht sich die aus, an der das Preisschildchen eine für ihn erschwingliche Zahl anzeigte, denn die Menge an tschechischen Kronen, die er besaß, war begrenzt. Nun also hatte er die vorne beschriebene Badehose in seinem Besitz.

Als er wieder hinunterfahren wollte, versperrte ihm das Gitter eines Handwerkertrupps den Weg zur Rolltreppe. Herr Blyantur suchte in seinem spärlichen tschechischen Wortschatz nach der passenden Formulierung und sprach ein junges Mädchen an: „Prosím paní, gde vychod?"

Darauf sie in feinstem Dresdener Sächsisch: „S tut mr leid, ich gann sie nich vrschtehn."

„Warum verstehen sie mich denn nicht, ich habe doch nur nach dem Ausgang gefragt.", erwiderte Herr Blyantur in einem einigermaßen korrekten Hochdeutsch und lächelte sie an. Das Mädchen aber guckte leicht irritiert und verschwand mit einem Kopfschütteln in der Menge. Ein Mann schien das Dilemma begriffen zu haben, tippte Herrn Blyantur auf die Schulter und zeigte auf eine Stelle hinter ihm.

Dort stand es in riesigen Lettern: VYCHOD.

Herr Blyantur ging die Treppen hinab und wunderte sich, dass er so alleine war auf seinem Weg.

Es gab wohl doch noch andere Rolltreppen in diesem Warenhaus.

Tagebau

Er hatte die Gelegenheit beim Schopfe gepackt. Er hatte das Klassentreffen seiner Abiturklasse zum Anlass genommen, das Pensionszimmer ein paar Tage länger zu buchen. Der Tag versprach strahlenden Sonnenschein bei höchst angenehmen Temperaturen.

Herr Blyantur hatte sich die Decke aus dem Auto genommen und war zum See gegangen. Dort hatte er die leicht nach Frostschutzmittel müffelnde Decke ausgebreitet, sich die blaue Bade

hose angezogen, aus den Kleidungsstücken ein Päckchen als Kopfkissen gebaut und angefangen zu träumen.

Zwei Episoden kamen ihm in den Sinn, die mit dem Ort zu tun hatten, an dem er nun lag.

Er hatte wohl grade seinen achten Geburtstag hinter sich und war noch Curtchen. Da kam eines Tages sein Freund Rolf aufgeregt angelaufen: „Die Grube brennt! Kommste mit, kucken?" Sie rannten den Elsterdamm entlang am Fußballplatz und der Badeanstalt vorbei bis zu der damals noch hölzernen Brücke. Dort überquerten sie den Fluss, der zwar Schwarze Elster hieß, in dem aber eher eine gelb-ockerfarbene Brühe lang floss. Bis zur Tagebaukante rannten sie über die Felder und Wiesen. Dann lagen sie bäuchlings nebeneinander und blickten hinunter in die Grube. Dort brannte es. Die Feuer sahen von oben aus, wie viele kleine Lagerfeuer. Dann kam die Feuerwehr und begann zu löschen.

Curtchen und sein Freund Rolf gingen nach Hause. Inzwischen war es schon ziemlich dunkel. Als er zu Hause ankam, fand er seine Mutter weinend vor. Sie hatte sich große Sorgen gemacht. Curtchen begann auch zu weinen. Seine Mutter bewahrte ihn vor der Tracht Prügel, die ihm sein Vater verabreichen wollte, indem sie ihn kurzerhand ins Bett verfrachtete.

Nicht weit von jener Tagebaukante lag nun Herr Blyantur an dem See, der einmal eine Braunkohlegrube gewesen war.

Sechs Jahre später – er war schon lange nicht mehr Curtchen, sondern Cutti – überraschte sie ihr Lehrer mit der Ankündigung, sie würde am nächsten Tag in den Tagebau gehen.

Als Treffpunkt wurde die Eisenbahnbrücke über die Elster ausgemacht. Alle waren pünktlich zur Stelle und harrten der Dinge, die da kommen sollten. Ein leerer Kohlezug kam von der

Brikettfabrik her und hielt neben ihnen an. Der Vater eines Mitschülers guckte aus der Grubenlok raus. Dann öffnete er die Tür und alle kletterten in den Führerstand. Der Lehrer zum Schluss. Dort standen sie nun dicht gedrängt und aufgeregt.

Der Lokführer ließ die elektrische Hupe ertönen und fuhr los. Wenn er eine Stufe schneller schaltete, knallte es ganz laut, weil neue Schaltschütze dem Strom einen anderen Weg öffneten. Sie erschraken doch schon. Der Lokführer saß aber ganz ruhig auf seinem Klappsitz und fuhr hinein in den Tagebau.

Als sie unten angekommen waren, stiegen sie aus und gingen hin zum Eimerkettenbagger. Der Lehrer meinte, es würde gleich ein Bergmann kommen und alles erklären. Der Bagger bewegte sich inzwischen ganz langsam vorwärts. Das quietschende Geräusch der Eimerketten kannten sie alle, wenn auch nicht in dieser Lautstärke. Es war bei günstigem Wind im gesamten Ort zu hören. Cutti wartete auf den Mann mit der schmucken schwarzen Bergmannstracht und dem hohen Hut, den er vom jährlich stattfindenden Bergmannsfest kannte. Es tauchte aber ein Arbeiter im blauen Arbeitsanzug mit Schutzhelm auf. Er erzählte von der Riesenmaschine und den Riesenmengen Abraum, die sie abbaggern musste, um an die Kohle zu gelangen.

Inzwischen wurden die Kohlewagen ihres Zuges mit Rohbraunkohle beladen.

Als alle Waggons vollgeladen waren, hielt der Zug neben ihnen an und sie kraxelten wieder in den Führerstand hinauf.

Dieser Ausflug war noch einige Tage lang Gesprächsstoff Nummer eins unter ihnen.

Und er war doch so prägend, dass sich Herr Blyantur auf seiner leicht müffelnden Decke sehr gerne daran erinnerte.

Dort am Strand des Sees, der einmal ein Tagebau war.

Kunsthonig

Imker gab es in dem verlorenen Land viele. Meistens wurde die Imkerei als Hobby betrieben und man verdiente sich ein Zubrot mit dem Verkauf des Honigs.

Herr Blyantur kannte selber einen Imker, bekam aber niemals von dem auch nur das kleinste Gläschen Honig zu kaufen, sosehr er auch bat.

Die meisten Imker verkauften den Honig, den sie nicht als Eigenbedarf oder für Verwandte oder sehr gute Bekannte brauchten, an einen Betrieb im sächsischen Meißen, der aus all den Honigen der vielen Imker ein Gemisch herstellte und das dann als deutschen Bienenhonig an das westlich benachbarte Land verkaufte.

Für Devisen.

Dann kam der Umschwung.

Den Bienen machte das nichts aus. Sie sammelten weiter den Honig und er wurde ihnen weiterhin vom Imker weggenommen. Nur die Firma in Meißen gab es nicht mehr und Devisen hatte nun jedermann in der Tasche. Es tauchten an etlichen Häuschen in ländlichen Gegenden solche Schilder auf, die das Wort „Honigverkauf" enthielten.

Auch Herr Blyantur kaufte dort Honig, wenn er vorbei kam bei seinen Wanderungen oder Radtouren.

Oft erinnerte er sich dann an ein Erlebnis aus seiner Jugendzeit.

Er wohnte in der Bezirksstadt am Rande Berlins. Einmal war er in einem Lebensmittelgeschäft und sah im Regal drei Sorten Gläser stehen. Auf dem einen stand „Kunsthonig" geschrieben. Das war ein Produkt, hergestellt aus normalem Rübenzucker ohne den Einsatz auch nur einer einzigen natürlichen Biene.

Auf dem zweiten Glas stand „Kunsthonig mit 10% Bienenhonig" und auf dem dritten schließlich „Kunsthonig mit 30% Bienenhonig".

Herr Blyantur ging hin zu einer Verkäuferin und fragte: „Wo haben sie denn den Kunsthonig mit 100% Bienenhonig?"

Und er erhielt statt einer Antwort nur ein breites Grinsen präsentiert.

Heutzutage kauft er sich auf den Wochenmärkten des Landes seinen Honig.

Einmal erzählte er einer wegen der Temperaturen ziemlich eingemummelten aber dennoch hübschen Marktfrau, er hätte mal Kornblumenhonig gekauft. Und er hätte sich am Telefon bei dem Imker über den Honig beschwert.

„Warum das denn nur? War er schlecht?", wollte die Frau wissen.

„Nein, er war nicht blau!", antwortete Herr Blyantur.

Volksbuchhandlung

In Pumpe am Busbahnhof gab es eine Buchhandlung. Weil da das Volk Bücher kaufte, hieß sie Volksbuchhandlung.

Der Heimweg von Herrn Blyantur führte an dieser Buchhandlung vorbei, weil er immer mit dem Bus nach Hause fuhr.

Man hatte angekündigt, es würde ein Gartenbuch geben. Man wusste aber nicht, wann. Herr Blyantur wollte ein solches Buch sehr gerne haben. Also ging er hinein, um es zu bestellen. Die Buchhändlerin lächelte oder besser gesagt, sie grinste und gab den Bescheid, dass Bestellungen nicht mehr angenommen werden könnten, weil es schon so viele davon gäbe. Herr Blyantur könne aber immer wieder mal nachfragen, vielleicht hätte er ja Glück.

Der Hauptbuchhändler oder Chef des Ladens war Hundebesitzer. Jeder, der auch einen Hund besaß, hatte bei ihm gute

Chancen, in den Kreis der bevorzugten Kunden zu kommen. Herr Blyantur hatte keinen Hund und auch nicht die Absicht, sich einen anzuschaffen.

So ging er also an jedem Arbeitstag zum Feierabend in den Laden und fragte, ob das Gartenbuch schon da wäre.

Schließlich war es dann so, dass er nur noch seinen Kopf durch die Türe stecken musste und die Buchhändlerinnen schüttelten den ihren.

Doch eines Tages passierte es. Die diensttuende Buchhändlerin schüttelte nicht. Herr Blyantur ging hinein.

„Wir hatten vierundachtzig Bestellungen und haben sieben Exemplare bekommen", sprach sie, „da sollen sie eines haben für ihre Ausdauer."

Und so kann Herr Blyantur auch noch heute manchen „Rat für jeden Gartentag" nachlesen.

Und wenn er wollte, könnte er sich heute für *jeden* Gartentag ein Buch bestellen und würde es auch bekommen, denn es wird immer mal wieder neu aufgelegt.

Nur teurer wäre es heute.

Jugendbuch

Es gab in dem verlorenen Land solch eine Reihe, die nannte sich „Buch der Jugend". Für wenig Geld konnte man dort Bücher kaufen. Man musste allerdings für ein Jahr ein Abonnement abschließen. Das war aber eher ein Vorteil, bekam man doch Bücher zu kaufen, ohne dass man die Buchhändlerin näher kennen oder anderweitige Beziehungen zu einer haben musste.

Auch Herr Blyantur hatte ein solches Abo, als er noch Cutti gerufen wurde. Jedoch musste er seine Mutter mit in die Buchhandlung schleppen, denn er selber war für ein Abo noch zu jung.

Wann er das Buch gekauft hatte, das wusste er nicht mehr. Dass er es bestimmt sieben Mal gelesen hatte, das wusste er schon noch.

Und er hatte des nachts davon geträumt und sich auch tagsüber ausgemalt, wie er sich an der Stelle des Helden verhalten hätte. Was er besser gemacht hätte oder zumindest anders.

Zwischen der Zeit des Helden und seiner Zeit lagen aber auch 240 Jahre. In denen war ja die Entwicklung weitergegangen. So gab es also viele Dinge, die Cutti anders angepackt hätte, als der Held des Buches.

Heute wäre ja die Situation eine noch ganz andere. Ein Mobiltelefon zum Beispiel würde nichts nützen. Selbst wenn es den Schiffbruch unbeschadet überstanden hätte, wäre es nutzlos. Denn erstens gäbe es dort kein Netz und zweitens hätte er keine Steckdose zum Aufladen des Akkus auf der einsamen Insel des Robinson Crusoe.

Drehorgel

Ein Anruf genügte.

Dann hatte Herr Blyantur ein Zimmer gebucht im Gasthof „Grüner Baum" in der kleinen Stadt direkt am Main. Und er war hingefahren. In der Innenstadt konnte man nicht parken, aber die Stadtväter, die wahrscheinlich alle selber Autofahrer waren, hatten an der Stadtmauer einen Parkplatz einrichten lassen. Selber mussten sie dort nicht parken, denn jeder von ihnen hatte mit Sicherheit eine Garage am Haus.

Herr Blyantur parkte also dort und ging erstmal ohne Gepäck die paar Schritte zum Gasthof. Er wurde freundlich empfangen und bekam einen Zimmerschlüssel. Er stieg die Treppe hinauf und besichtigte das Zimmer. Der Blick aus dem Fenster aber jagte ihm einen gehörigen Schrecken ein.

Ein Kirchturm.

Herr Blyantur hatte schlechte Erfahrungen mit Kirchtürmen vor Pensionszimmern.

Die Einwohner des kleinen Urlaubsortes im Schwarzwald – so erinnerte er sich - waren so stolz auf ihre Kirchturmglocken, schließlich hatten sie sie bezahlt. Es waren vier Glocken. Zu jeder Viertelstunde gab es einen Dreiklang, ein Kling-Klang-Klong gewissermaßen. Zur jeder vollen Stunde dann vier Kling-Klang-Klongs plus den Stundenschlag der vierten Glocke. Das waren dann um Mitternacht insgesamt vierundzwanzig Glockenschläge. So ging es die ganze Nacht hindurch und davon verbrachte Herr Blyantur vier in diesem Quartier, bis er schließlich genervt und übermüdet die Pension verließ. Die weiteren Urlaubstage hatte er dann in einem andern Ort im schwarzen Walde verbracht, wo das Geräusch eines Baches eher schlaffördernd wirkten. Der Kirchturm dieses Ortes befand sich hinter einem Berg. Das hatte er vorher auskundschaftet.

An all das dachte Herr Blyantur nun in dem Zimmer des Gasthofs „Grüner Baum" beim Anblick dieses Kirchturms.

Doch die Wirtin beruhigte ihn. Die Kirchenglocken würden von zehn Uhr abends bis sieben Uhr morgens pausieren.

Herr Blyantur holte also sein Gepäck, bezog das Zimmer und machte dann den obligatorischen Ortsrundgang.

Als er abends zurückkam, setzte er sich an den großen runden Tisch, der für die Pensionsgäste reserviert war. Eines Abends saß dort schon ein grauhaariger Mann, der Notenblätter vor sich liegen hatte.

„Wollen Sie uns was vorsingen?", fragte Herr Blyantur.

„Nein, obwohl ich das könnte, werde ich es nicht machen.

137

Ich habe noch Chorprobe mit dem Kirchenchor", antwortete der Mann.

Ob er mitkommen könne, um es sich anzuhören, fragte Herr Blyantur. Und so gingen sie dann beide in die Kirche, deren Turm vor dem Zimmerfenster von Herrn Blyanturs Pensionszimmer hoch aufragte.

In der Kirche warteten schon die Frauen und Männer des Chores auf ihren Dirigenten, den man aber wohl Chorleiter nennt. Herr Blyantur setzte sich in eine der Kirchenbänke. Die Chormitglieder schauten etwas irritiert. Herr Blyantur beruhigte sie aber, als er sagte, dass er nur zuhören wolle.

Nach der Probe führte der Weg den Chorleiter und auch Herrn Blyantur zurück an den runden Tisch. Nach dem dritten oder vierten Glas Wein kam dann der Wirt an den Tisch. Als er sah, wer dort saß, holte er eine Drehorgel hervor. Er spielte diese auf Festen und manchesmal auch nur zu seinem Vergnügen. Nun spielte er und der grauhaarige Mann sang tatsächlich dazu einige Lieder mit einem sehr schönen Bariton.

Das gefiel Herrn Blyantur sehr. Später fragte er den Wirt über seine Drehorgel aus.
Es wäre alles wie bei einer der historischen Orgeln, nur dass das Papierband, dessen Löcher die jeweiligen Orgelpfeifen ansteuerten, durch einen elektronischen Chip ersetzt sei, dessen Speicher ihm achthundert Lieder lieferte.
Am Morgen des Abreisetages passierte es dann. Herr Blyantur hatte während des Urlaubs keinen Hehl daraus gemacht, dass er aus dem verlorenen Land kam. An diesem Morgen mit der so genannten Henkersmahlzeit, dem letzten Frühstück mithin, holte der Wirt die Drehorgel hervor und spielte ihm „Brüder zur Sonne, zur Freiheit..." vor.
Die Nationalhymne des verlorenen Landes hätte er leider nicht.

Herrn Blyantur hatte die Drehorgel jedenfalls ein schönes Urlaubsende beschert.

Quarzwecker

Das war vielleicht ein Schreck in der Karfreitags-Morgenstunde.

Als er die leicht verklebten Augen am Morgen öffnete und auf den quarzigen Wecker schaute, traute er seinen selbigen nicht. Halbeins!! Die Zeiger zeigten (daher der Name) halbeins an. Zum Glück besitzt Herr Blyantur noch die eine oder andre Uhr. Also guckte er auf die von seiner Mutter geerbte und sah: erst halbsieben.

Da hätte er fast eine Freudentanz aufgeführt.

Gottseidank fiel es ihm noch ein: Karfreitagtanzverbot (Gesetz wohl aus der Lutherzeit).

Und etwas andres fiel ihm ein:

In den achtziger Jahren des vorigen Jahrhunderts kaufte er sich den ersten Quarzwecker. Der kostete damals 85 DDR-Mark. Eine Schrippe dagegen 5 Pfennige. Natürlich wollte er wissen, wie das Ding funktioniert. Als schraubte er in einer stillen Stunde die Uhr auf. Nachdem er solch eine Plasteplatte abgeschraubt hatte, fiel der Wecker in dutzende Teile auseinander. Lauter Rädchen und Stäbchen. Er bekam Schweißausbrüche, denn 85 Mark waren viel Geld und die Gattin bestimmt nicht amüsiert, wenn sie erführe, was er angestellt hatte.

Zum Glück bekam Herr Blyantur nach etlichen Versuchen alles wieder zusammen, ohne dass ein Teil übrig blieb. Das war die Hauptsache. Wenn nichts übrigblieb und nichts fehlte, war das schon der halbe Erfolg.

Der Wecker funktionierte wie vorher, nur dass er nach seinem Empfinden etwas lauter klickte.

Und seitdem weiß Herr Blyantur nun ganz genau, wie solch ein Wecker funktioniert.

Heute noch.

Utkiek

Es sollte ein Urlaub werden an der Ostsee. Allerdings diesmal nicht Usedom oder Rügen, sondern die West-Ostsee. An der Hohwachter Bucht war ein Zimmer gebucht in einer kleinen Pension in einem kleinen Bauerndorf unweit der Küste. Wegen des frühen Zeitraums am Ende des Winters waren Herr Blyantur und seine Begleiterin die einzigen Pensionsgäste.

Eines Tages nach einem Spaziergang den Strand entlang, der einem Slalom um aufgetürmte Eisschollen glich, landeten die beiden in einem kleinen gemütlich daherkommenden Gasthaus namens „Utkiek".

Sie waren die einzigen Gäste. Die Kellnerin kam an den Tisch. Sie war klein, zierlich und brünett. Ihre Haare hatte sie hochgesteckt, aber an den Seiten hingen zwei Strähnen herab.

Herr Blyantur bestellte erst einmal zwei Gläser Rotwein.

Als es an die Bestellung des Essens ging, wählte er den Fischtopf. Seine Begleiterin wollte einen Chefsalat mit Putenbruststreifen.

Die Kellnerin sprach: „Nehmen sie ruhig den kleinen Salat. Der Fietje macht immer so große Portionen."

In den folgenden Minuten beschäftigte sich Herr Blyantur dann ausschließlich mit seiner Begleiterin.

Aus der Küche ertönte Gesang. Jemand sang Opernarien. Herr Blyantur meinte "Una furtiva lagrima" aus "Der Liebestrank" von Donizetti herauszuhören.

Die Kellnerin lächelte und sagte: „Fietje liebt Opern."

Dann verstummte der Gesang.

Der Koch Fietje kam mit den Essen.

Eigentlich aber passierte das Folgende: An der Tür zur Küche erschienen zwei Hände mit den Portionen. Dann sah man eine Schürze. Diese hing senkrecht vor einem ungeheuren Bauch herunter. Erst dann sah man den wahrhaft hünenhaften Fietje durch die Türe treten.

Der "kleine" Salat wäre sicher in anderen Gasthäusern als XXL-Portion durchgegangen.

Aber das Essen war ausgezeichnet. So ausgezeichnet, dass Herr Blyantur und seine Begleiterin an den folgenden Tagen noch zweimal in diesem Gasthaus waren und nicht enttäuscht wurden.

Und sie erfuhren beim zweiten Besuch auch, dass die kleine zierliche Kellnerin mit dem hünenhaften umfangreichen Koch verheiratet war.

Den Chefsalat aber bestellte sich Herrn Blyanturs Begleiterin nicht noch einmal.

Touchpad

Im Fernseher hat jemand erzählt, er würde seine Kompjuter-maus abends immer umdrehen, weil sie auf dem Rücken besser schlafen könne.

Mir kann das nicht passieren, dachte sich Herr Blyantur und meinte damit, dass er die Maus umdrehe.

Er selber schläft aber auch immer seitlich, nie auf dem Rücken. Ein Seitenschläfer gewissermaßen. Das ist er.

Und an seinem Kompjuter ist keine Maus angeschlossen. Vor etlichen Jahren hatte er zum Geburtstag ein Tatschpäd geschenkt gekriegt (spasshalber sagt er auch schon manchmal „geschonken gekrochen"). Das ist von dieser Firma mit dem angebissenen Adamsapfel, also dem Apfel, den die Eva dem Adam im Para-diese reichte.

Und es hat keine Strippe, sondern funktioniert quasi durch die Luft.

Er hatte grade eine der Saftmandarinen gegessen, die er gestern gekauft hatte und dann auf das Tatschpäd getatscht. Nun war das etwas angetatscht.

Und man glaubt gar nicht, welche Schwierigkeiten er da hatte, das Ding wieder sauberzukriegen. Wenn er drauf rumwischte, hüpfte der Mauszeiger, der ja bei ihm eigentlich Tatschpädzeiger heißen müsste, hin und her, es öffneten sich irgendwelche Programme und Fenster...

Herr Blyantur war schon fast am Verzweifeln.

Da fiel es ihm ein. Es funktioniert durch die LUFT. Er ging damit in die Küche und wischte es ab.

Was der Tatschpädzeiger in der Stube inzwischen gemacht hat, konnte er aber nicht sehen.

Zu weit weg.

Schneewittchen

Herr Blyantur hatte von dem einen Apfelbaum, von dem er sich einredete, er trüge Ontario-Äpfel, so viele Früchte geerntet, dass er sie unmöglich alleine aufessen konnte. Weil er aber schon mehrere Gläser Apfelmarmelade und Apfelmus angefertigt hatte und die Äpfel aber auch nicht wegwerfen wollte, kam seine karitative Ader zum Vorschein. Er füllte mit einigen der schönen runden Früchte eine sogenannte Tragetasche aus Papier.

In dem verlorenen Land hätte er sicherlich ein Netz benutzt oder einen Stoffbeutel. So, wie sich diese Sache geändert hatte, hatte sich die Einstellung zum Kleingarten auch mehrfach gewandelt. Zumindest, was die offizielle Meinung betraf.

Die Meinung der Kleingärtner war ungebrochen.

Herr Blyantur wusste noch, dass es als kleinbürgerlich verschrien war, wenn man einen solchen Garten hatte. Später dann wurde es positiver bewertet, denn die Kleingärtner sorgten dafür, dass das Geschrei nach frischem Obst und Gemüse zumindest bei den Kleingärtnern und ihren Verwandten und Freunden geringer wurde.

Nun trug er also die gefüllte Tragetasche zum übernächsten Hauseingang, wo zwei alte Leutchen wohnten. Die kannte er von der Bushaltestelle, wo er sich immer mal mit ihnen unterhielt, wenn sie gemeinsam auf den 255-er warteten. Denen wollte er eine Freude machen.

Der Postbote hatte grade die Türe geöffnet, so dass Herr Blyantur ohne zu klingeln in das Haus kam. Er stieg die Treppe nach oben und hängte den Beutel an den Türknauf der Wohnungstür der alten Leutchen.

Da kam ihm plötzlich Schneewittchen in den Sinn. Was nun, wenn die alten Leutchen sich auch an das Märchen erinnerten? Wenn sie vielleicht an die böse Schwiegermutter mit dem vergifteten Apfel dachten? Und wenn sie daraufhin das taten, was Herr Blyantur mit seiner Aktion verhindern wollte? Wenn sie also die Äpfel wegwarfen?

Und so klingelte er dann doch und überreichte die Apfeltüte persönlich.

Als Dankeschön musste er mit dem Hausherrn etliche Kräuterschnäpse trinken und kam danach ziemlich beschwipst nach Hause.

Markttag

Freitags ist meistens Herrn Blyanturs Markttag. Da fährt er hin, schaut sich um und kauft dann am Stand mit den Thüringer Wurstwaren den Vorrat ein, der dann bis zum nächsten Markttag reichen muss.

Meistens schwatzt er noch ein wenig mit der Marktfrau, wenn der Andrang das nicht verbietet.

So war er also auch dieses Mal hingefahren, hatte geschaut, gekauft und geschwätzt. Dann saß er an der Bushaltestelle auf der etwas kühlen stählernen Bank und wartete auf den Bus. An der Anzeige stand geschrieben, der würde in dreizehn Minuten kommen. Das verwunderte Herrn Blyantur, weil doch auf dem papiernen Plan ein Zehnminutenabstand angezeigt war.

Die Wartezeit war für ihn aber ein willkommener Anlass, der ihm unbekannten Frau an seiner Seite auf der Bank ein Gespräch aufzudrängen. Sie ließ es zu. Sie unterhielten sich über das Wetter, die unpünktlichen Busse und über dies und das.

Schließlich kam der Bus.

Herr Blyantur erhob sich von seinem Sitz, ließ der Frau – Gentleman durch und durch – den Vortritt und hatte den linken Fuß schon im Einstieg stehen, da fiel es ihm ein:

Er war mit dem Fahrrad zum Markt gefahren.

Bekannte

Sie wüsse nicht.

Das hatte ihm die Frau geschrieben, deren Foto er in einem dieser sozialen Netzwerkforen gesehen hatte, als er sie fragte, woher sie sich kennen könnten. Sie wüsse nicht, woher sie ihn kennen sollte.

Einmal vor vielen Jahren an seiner damaligen Arbeitsstelle war es. Herr Blyantur war ein mittelalterlicher Mann. Nein, kein Ritter oder – schlimmer – Raubritter, sondern ein Mann in seinen mittleren Jahren. Da begegnete ihm ein anderer Mann.

Und Herr Blyantur wusste damals auch sofort, dass er ihn kennt.

Nur nicht, woher. Weil er aber nicht an Herzdrücken litt, sprach er ihn an und auch dieser sagte damals: Er wüsse nicht.

Naja, mit dem Mann hatte Herr Blyantur damals mehrfach gesprochen und sie durchforsteten ihre Leben. Und sie fanden es. Eigentlich fand es Herr Blyantur.

In seiner Kindheit war er in einem Kindererholungsheim in Grünheide. Dort waren Kinder, die aufgepäppelt werden mussten nach den Entbehrungen der Nachkriegsjahre. Herr Blyantur, der da noch Curtchen war, musste auch aufgepäppelt werden. Dort entstand ein Foto von allen Kindern dieses Durchgangs.

Da waren er und auch der unbekannte Mann drauf. Curtchen war damals vielleicht sechs Jahre alt. Der andere war aber schon so dreizehn oder vierzehn. Und er sah als Mann noch dem Knaben ähnlich. Was man von Herrn Blyantur, vormals Curtchen, nicht behaupten konnte.

Er hatte das Foto im Laufe der Jahre immer mal wieder in die Hand genommen und so natürlich die Gesichter gewissermaßen abgespeichert. Deshalb war es ihm eingefallen.

So wurde also die Frage geklärt: Ich kenne dich.

Eine engere Bekanntschaft oder gar Freundschaft entstand daraus leider nicht.

Wochenmarkt

Auf dem Weg von der Bushaltestelle zum Wochenmarkt muss Herr Blyantur meist an einer etwa vier Meter hohen Bronzeskulptur vorbei. Sie stellt eine spindeldürre Frau dar, die mit gebeugtem Kopf ein halbrundes bronzenes Tuch so hält, dass man nicht weiß, ob sie es sich um den Kopf binden wird oder um die Schulter legt.

Der Künstler wird es vielleicht wissen, sein Name ist aber leider nicht am Kunstwerk verzeichnet.

Nach umfangreichen Recherchen kriegte es Herr Blyantur trotzdem raus. Unter Nummer 58 einer sehr umfangreichen Tabelle fand er es. Die Plastik ist von einem Künstler namens Wendisch als „Viertelmondträgerin" erschaffen worden.

Also nix mit Kopf- oder Schultertuch.

Herr Blyantur erlebt immer mal wieder lustige Momente auf diesem Markt, an denen er aber meistens selber schuld ist.

Millionär

Herr Blyantur hatte der Verkäuferin im Fleischwagen vom Markt gesagt, wenn sie einen Millionär geheiratet hätte, bräuchte sie nicht täglich in diesem Fleischwagen auf dem Markt zu stehen.

Das hätte sie ja getan, sagte sie, aber jetzt würde sie einen Milliardär haben wollen und deshalb müsse sie doch noch ein Weilchen weiter arbeiten.

So sorgte sie für das erste Lächeln des Tages bei ihrem Kunden.

Teewurst

Als er die Verkäuferin in dem oben schon einmal erwähnten Fleischwagen fragte, welchen Tee sie denn für die Teewurst nehmen würden, kam wie aus der Pistole geschossen die Antwort: "Fencheltee".

Auch bei den hinter Herrn Blyantur anstehenden Kunden hellten sich die Gesichter auf.

Bierschinken

Am Markt fragte er die Verkäuferin am Thüringer-Wurstwaren-Wagen, welche Biersorte im Bierschinken wäre.

" Keine Ahnung, aber auf jeden Fall alkoholfreies", war ihre spontane Antwort.

Das beruhigte ihn ungemein.

Fischfilet

Sein heutiges Mittagessen soll Fisch sein.

Nun ist ja nach dem allgemeinen Verständnis Freitag der Fischtag und heute war schon Sonnabend, aber gestern musste er noch die Reste von vorgestern aufessen.

Im Rezept, das er sich ausgesucht hatte, ist alles für vier Personen angegeben. Aber man kann es umrechnen lassen.

„Weil ich ja nur einer bin", dachte er sich, „ setze ich in das Kästchen, in dem die 4 steht, kühn eine 1 rein."

Nach einem kurzen gedachten Rattern der Rechenmaschine standen dann alle Angaben für eine Person da:

Wieviel aber ist ein Viertel Esslöffel Mehl? Oder 0,03 Liter Milch? Noch besser, ein Achtel Teelöffel Salz?

Dieses Rezept schaffte ihn.

Es sollte eigentlich nur eine Senfsauce für sein Pangasiusfilet werden. Also nahm er ein solches Päckchen Fertigkräutersauce und rührte etwas Senf rein.

„Wird schon schmecken", dachte er.

Und das tat es.

Zugfahrt

Nun saß er also drin in dem Zug. Als er das letzte Mal mit der Bahn gefahren war, konnte man die Fenster noch öffnen, indem man an solch einem Lederriemen kräftig zog und das Fenster nach unten gleiten ließ. Bei diesem Zug, in dem er nun saß, waren die Fenster fugenlos in die weißen Wände eingelassen und ließen sich nicht mehr öffnen. Höchstens mit einem dafür vorgesehenen Hammer. Dafür gab es aber eine stromfressende Klimaanlage. Man wusste auch nicht, wo vorne war und wo hinten, denn der Zug sah an beiden Enden gleich aus.

Mit dieser Reise war es nicht so einfach gewesen. Er wollte seine Tochter in der weit entfernten großen Stadt besuchen.

Unangemeldet als Überraschung gewissermaßen.

Seine Frau hatte deshalb wieder beim Discounter eingekauft statt auf dem Wochenmarkt und er hatte sich Flaschenbier geholt, statt zu seinem Stammtisch in die Kneipe zu gehen. Sonst wäre das Geld für diese Reise nicht zusammengekommen.

Er lehnte sich in die Polster zurück und betrachtete die vorbeisausende Landschaft. Viel erkennen konnte er nicht, weil alles Nahe verschwamm und das Ferne auch schnell hinter dem nächsten Waldstück verschwand.

Zum Glück hatte er das Buch eingepackt, das er zum vorigen Geburtstag geschenkt bekommen hatte. Darin würde er nun lesen. Als sich das Licht zu einem gelben Leuchten wandelte, schaute er wieder aus dem Fenster. Riesige gelbblühende Rapsfelder säumten links und rechts die Bahntrasse.

Doch dann fuhr der Zug ein in das Häusermeer der großen Stadt.

Sie hatte zwar sparsam gelebt, musste sich aber doch noch einige Euro für das Ticket bei einer guten Freundin borgen. Nun saß sie in dem Flieger, der sie zu Besuch in Richtung Heimat bringen sollte.

Unangemeldet als Überraschung quasi.

Der Flieger rumpelte und ratterte lärmend über die Startbahn. Plötzlich war das Rumpeln und Rattern verstummt und nur das Geräusch der Triebwerke war noch zu hören. Er hatte abgehoben. Sie lehnte sich entspannt in die Polster zurück und schaute aus dem Fenster. Unten sah sie die Stadt und die angrenzenden gelben Rapsfelder. Inmitten von all dem Gelb war wie ein dunkler Trennstrich die Bahntrasse auszumachen.

Ein weißer Zug verließ soeben die Felder und begab sich in das Häusermeer der großen Stadt.

#

Diese Geschichte fiel Herrn Blyantur ein, als er leicht dösend in seinem Gartenstuhl MEXIKO saß und den Fliegern nachschaute, die über ihm in Richtung Flughafen zum Landen flogen. Eigentlich sollten sie ja schon seit etlichen Jahren auf dem Flughafen am anderen Ende der Stadt landen.

Aber wie das so ist, die Kleinigkeiten, die damals noch zu machen waren, entpuppten sich schließlich als riesengroße Probleme.

Nun noch zwei Geschichten, in denen Herr Blyantur keine Rolle spielt. Dagegen kann er aber nichts machen.

Elsa

Elsa war eine Kuh.

Nein, nicht die, der beim Sketch vom Hallervorden das Scheunendach auf den Kopf gefallen ist. Elsa war eine normale Milchkuh. Ihr Job war es, Milch zu produzieren, die ihr zweimal täglich abgenommen wurde. Da Elsa das nur so kannte, war es für sie normal. Heute jedoch war etwas anders als sonst. Ihr Mensch war unpünktlich.

Ja, Elsa hatte einen Menschen. Naja, eigentlich hatte sie zwei Menschen, einen Hauptmenschen und einen Nebenmenschen, der immer dann erschien, wenn der Hauptmensch nicht konnte oder wollte. Anfangs hatte es sie irritiert, dass der Mensch manchmal mit einem anderen Fell auftauchte. Elsa hatte immer das gleiche weiße Fell mit schwarzen Flecken. Oder war es ein schwarzes Fell mit weißen Flecken? Sie wusste es so genau nicht und letztlich war es auch egal. Es war jedenfalls immer gleich.

Dass der Mensch manchmal sein Fell wechselte, daran hatte sie sich gewöhnt. Doch dass er überpünktlich war, das ärgerte sie.

Heute war er viel eher gekommen, als sonst immer. Sie hätte gerne gesagt: „Mensch, was soll das! Du bist zu zeitig! Ich bin noch nicht fertig.", doch es wurde nur ein „Muhh".

Ihr Mensch stubste sie an und drängte sie so in das Gestell. Dann legte er die vier Saugnäpfe an ihr Euter und die Maschine begann zu saugen. „Dann kriegste heute eben weniger Milch", dachte die Kuh Elsa.

Von der Zeitumstellung auf Sommerzeit hatte sie noch nie etwas gehört.

Leseprobe

Ich hatte den Baum gesehen.

Ich hatte seinen Anblick mit etwas aus der Vergangenheit assoziiert.

Dann hatte ich mir dazu eine Geschichte ausgedacht. Diese hatte ich aufgeschrieben. Schließlich hatte ich sie gedruckt. Mit noch mehreren Geschichten hatte ich dann ein kleines Büchlein hergestellt.

Gelesen hatte ich sie selber immer mal wieder.

Sie gefiel mir.

Kürzlich hatte ich sie mitsamt dem Büchlein mitgenommen zu einem Treffen in einer Gartenkolonie, zu dem ich eingeladen worden war, um dem „Tag des Buches" zu huldigen.

Dort war ein Mann, der nicht nur einen interessanten Beruf vorzuweisen hatte, sondern auch eine außergewöhnliche Stimme.

Der Mann las meine Geschichte vor.

Das war nun das erste Mal, dass ich eine meiner Geschichten von einem fremden Menschen vorgelesen bekam. Noch dazu von einem mit einer wirklich außergewöhnlichen Stimme.

Und ich gestehe, es machte, dass mir die Augen feucht wurden.

Dieses Gedicht verfasste ich mit sechzehn Jahren. Es gefiel mir damals und es gefällt mir heute. Es macht Wilhelm Busch nach:

Gartenäpfelbauer

Schreibt ein superschlauer Gartenäpfelbauer
einen Zettel, darauf steht: „Sie sind gezählt!"
Und dünkt sich schlau.
Er hängt den Zettel an den Baum
und ist gegangen kaum,
da kommen wie von ungefähr
zwei Diebe ihres Wegs daher.
Sie lesen den Zettel.
Sie lesen und lachen.
Sie lesen und stehlen doch.
Uns schreiben auf den Zettel noch:.
„Die Zahl, sie stimmt genau."

Inhaltsverzeichnis

Spuren   1

Teil 1: Herr Blyantur rettet die Welt   3
Das Notizbuch des Herrn Blyantur   3
Herr Blyantur und das gestörte Verhältnis   6
Herr Blyantur feiert Weihnachten   8
Herr Blyantur und das Regal   12
Herr Blyantur erwirbt ein Fotoalbum   14
Herr Blyantur besichtigt ein Gotteshaus   18
Herr Blyantur rettet die Welt   22
Herr Blyantur und das Geräusch   27
Ännes Eiche   31
Herr Blyantur und die Unendlichkeit   34
Herr Blyantur und das Kopfkissen   38
Die Zeit des Herrn Blyantur   40
Paragraphenhengst   44
Herr Blyantur bestellt ein Wasser   44

Teil 2: Weltreise   47
Herr Blyantur und die Weltreise   47
Halber Liter   49
Französin   51
Buchsuche   53
Saunagänge   54
Optische Täuschung   56
Dimensionen   57
Gefährdete Weihnacht   58
Alkoholische Gärung   64
Kleenkoschen I   67
Kleenkoschen II   69
Salve   72
Panne   73
Sandstein   75
Paketschnur   78

Visionen 80
Ein kleines Glücksgefühl 82

Teil 3: Einwortgeschichten 85
Namen 85
Aquarium 87
Stapel 89
Fernseher 92
Postkarte 93
Wanderstock 94
Bügel 96
Fahrrad 96
Namensschild 99
Briketts 100
Winterkampf 101
Birkenweg 103
Lokomotive 104
Komparse 105
Gedichte 107
Schummerstunde 111
Eule 113
App 115
Eiskalt 116
Knöpfe 117
Pixel 119
Addition 120

Teil 4: Geschichten aus der Reservedatei 123
Schale 123
Rucksack 124
Aschenbecher 126
Badehose 127
Tagebau 129
Kunsthonig 133
Volksbuchhandlung 134
Jugendbuch 135

Drehorgel	136
Quarzwecker	139
Utkiek	140
Touchpad	141
Schneewittchen	142
Markttag	143
Bekannte	144
Wochenmarkt	145
Fischfilet	148
Zugfahrt	149
Elsa	151
Leseprobe	152
Gartenäpfelbauer	153

Der Autor

Der Weltkrieg römisch zwo war gerade mal ein Jahr und fünf Monate zuvor zu Ende gegangen.
Da wurde ich geboren.
Das Krankenhaus in der benachbarten Stadt war zerbombt.
Ich wurde im Bett geboren in einem kleinen Straßendorf in der Niederlausitz.
Eine Hebamme hob mich an das Licht eines späten Septembermorgens.
Somit bin ich ein Waagemensch.
Als Kind war ich so blond, dass ich mir den Spitznamen „Weißkohl" gefallen lassen musste.
Das mit den blonden Haaren hat sich nun erledigt. Heute bin ich grau und auch etliche Jahre älter.
Genaugenommen habe ich jetzt die Siebzig leicht überschritten.
Ein Berliner Vermieter war so nett, mir eine Wohnung in Pankow zur Verfügung zu stellen. Dort wohne ich jetzt schon so lange, wie in keinem Quartier zuvor.
Seit ich nicht mehr jeden Tag zur Arbeit muss, habe ich Zeit, mir Geschichten auszudenken und aufzuschreiben.

Ich will nur hoffen, dass es auch Leute gibt, die sie lesen.